U0868492

岳麓書社

读名著　选岳麓

中国古典小说普及文库

杨家将传

[明] 无名氏 著

岳麓书社 · 长沙

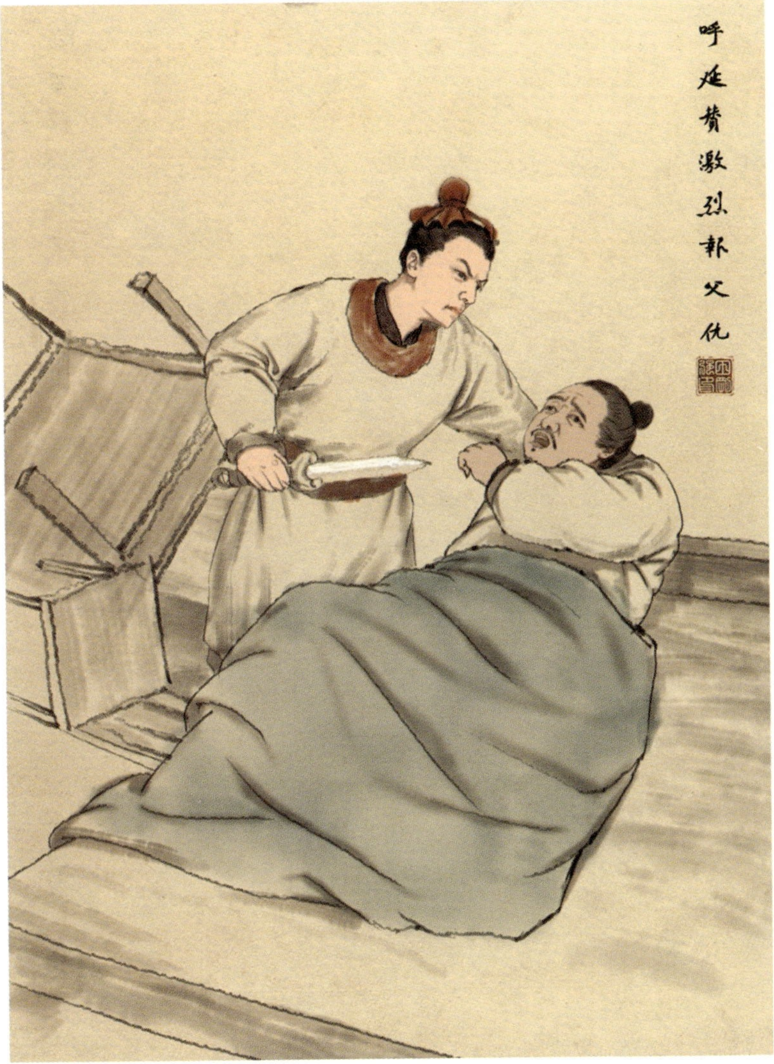
呼延赞激烈报父仇

撞李陵碑楊業殉國
李陵碑

宋神木宗保戰桂英

楊五郎勇斬蕭天左

出版说明

岁月流逝，湮灭了多少英雄传奇，但“杨家将”的故事，犹如一棵生命力极为旺盛的树木，时光愈久，愈是枝繁叶茂。它长久地活在人们茶余饭后的闲聊中，活在精彩纷呈的电视荧屏、电影银幕或戏曲舞台上。“杨家将”缘何有如此鲜活而长久的魅力呢？不仅是因为它精彩曲折的故事为人们的生活增添了许多乐趣，更在于“杨家将”众人身上所展现的爱国主义精神凝聚了我们民族的力量，鼓舞了我们民族的斗志。

现在流传下来的杨家将演义小说，主要有两种：一种为《杨家府世代忠勇通俗演义》，又名《杨家府演义》《杨家将演义》，八卷五十八回；一种为《玉茗堂批点按鉴参补北宋杨家将传》，又名《北宋志传》，十卷五十回。《北宋志传》的作者，有的学者认为是熊大木，亦有的学者对此持怀疑态度，目前尚无确论。本书以同治壬申年（1872）经纶堂木刻本为主要底本，参校光绪甲辰年（1904）的上海石印本，进行标点、整理，并简名《杨家将传》。小说通过记述“杨家将”的抗辽事迹，赞颂了杨家“一门忠烈”的爱国精神，鞭挞了投敌卖国者的丑恶行径。

在这部小说中，作者塑造了一大批英雄人物，比如呼延赞、杨业父子、杨宗保等人，都是大家耳熟能详的人物，虽不免有雷同之处，但整体来看，也算是各具面目，甚至就连孟良、焦赞等次要人物，也自有其特色。杨业是小说中非常重要的一个人物，他原属北汉，侍奉后汉君主刘钧，因八王向宋太宗进献反间计，致使刘钧与杨业君臣生隙，杨业无奈归降宋朝。此后，他一心帮助宋廷抗击辽军，虽屡遭奸臣陷害，始终不改报国之志。小说第十八回《呼延赞大战辽兵　李陵碑杨业死节》最见杨业的风骨与气节。“时杨业与番兵鏖战不已，身上

第二回 李建忠力救义士 呼延赞梦神教武

时当十月天气，寒风袭面，落叶萧条。赞在路行了数日，望见前面一座恶山。赞思曰："此处必有强人出没。"道未罢，忽山坡后一声鼓响，走出几个强人，拦住去路，问赞要买路钱。赞怒曰："天下之路，安得汝卖？胜得我手中利刀，则与汝钱；不然，将汝头来试刀。"小头目大怒，绰刀向前，与赞才交一合，被赞劈死坡下。内中乖的，急上山报知耿忠曰："山下有一壮士经过，小头目问索金银，已被杀死。"耿忠大惊，即上马来看，见赞正与众头目相斗，忠认得是赞，忙喝曰："侄儿不得动手！"赞抬头视之，慌忙下拜。耿忠引赞上山，与耿亮相见毕。忠问所来之由，赞将报仇之事并血书四句一一道知，"今父亲着小侄径投二位叔叔避难，不想有伤部下，望乞恕罪"。忠曰："汝乃误耳，何罪之有？"即令手下摆酒相待。忠因曰："我等屯聚于此，以观时变。汝既来，则为第三位寨主。"赞拱手拜谢，自是赞居寨中，打官劫舍无不胜。

一日，赞与耿忠兄弟议曰："河东旁郡多有钱粮，叔叔借我军士三千，往绛州劫掠而回，可应二年之用。"忠笑曰："绛州是张公瑾镇守，此人有万夫不当之勇，若去必遭其擒也。"赞曰："小侄若折一军，情愿偿命。"耿忠见赞如此志气，便与军士三千。赞即披挂上马，扯起令字旗，上写"河东切齿仇"五字，引着三千兵来到绛州城下，将城围了，大叫好将府库钱粮献出则退，不然攻入城中，恣意劫掠。守军报与公瑾知道。公瑾自思，贺兰山有新贼呼延赞，英雄之士，必是此人作闹。分付军士二百人多设弓弩，埋伏吊桥两边，待吾诱而擒之。军士得令，自去埋伏不提。公瑾披挂上马，引五百军出城迎敌。呼延赞跨着乌龙骑，直奔军前，大叫曰："我来别无他意，只问库中借黄金三千两。"公瑾怒曰："强贼急退，尚留残生，不然，擒汝献主，碎尸万段。"赞大怒，舞枪跃马直取公瑾，公瑾举枪来迎，二人交战三十余合,真如猛虎相斗,不分胜负。公瑾再战,佯输走过吊桥,赞勒马赶过桥去,忽一声鼓响,两边伏兵并起,箭如雨落。赞大惊,急跑马杀回,所部三千喽啰,被射死一半,公瑾亦不追赶,收兵还入城中。却说呼延赞不敢回见耿忠,单骑奔小路逃走,将近一更,又被伏路喽啰拿住。正是:才脱虎坑逃得去,又遭机阱捉将来。

众喽啰将赞缚上山来见马坤父子,坤问曰:“汝乃何人?”赞曰:“小人是相国之子,复姓呼延名赞,因走错路途,被大王部下所捉,乞饶性命。”马坤大怒曰:“近闻汝围绛州,将劫府库,尚来瞒我。”即令将陷车囚起,连夜点二百余人,解送呼延赞入绛州请赏。喽啰得令,将陷车解出山下。众人相谓曰:“我大王与八寨大王有隙,只恐前面夺了呼延赞,我等如何分说,不如前面借宿一宵,明日早行罢!”前到拦路虎门首,叫声“借宿”。有守门者出来一看,见是一伙强人,解得一个陷车来到。守门者曰:“夜已深矣,汝等借宿,休得惊动大王。”众人齐道:“我等自有方便。”即将陷车推入后亭去了。

时有寨贼李建忠,为入西京勾栏内看戏,被官拘察拿住,因于牢中四年,因越狱走回,亦在拦路虎家借歇,步出门外,听见守门人大惊小怪,乃问曰:“汝等相议何事?”守门者曰:“太行山马大王,令二百人解呼延赞与张公瑾请赏。”建忠听罢自思:我在西京牢内,闻得赞乃英勇之士,因何被他拿了,还当救之。即提朴刀入后亭,大叫曰:“谁敢监囚赞将军者休走!”众喽啰惊散而去。建忠打开陷车,取出呼延赞,在星光之下相见。赞曰:“是谁救我,恩德难忘。”忠曰:“我乃第八寨李建忠也,都是一家兄弟。”即赐与衣服,次日带赞回新建寨。人报知寨主柳雄玉,雄玉大惊,即出寨迎接,果是真实。雄玉邀入帐中坐定,不胜之喜。因问何以得回,建忠将越狱之事道知。雄玉曰:“自尊兄离寨之后,手下单弱,被六寨主罗清每年来讨赁土钱,甚被扰害。”建忠大怒曰:“此贼再来,吾当生擒之。”雄玉因问同来此位是谁,建忠曰:“相国之子呼延赞也。”雄玉曰:“久闻其名,今幸相会。”即令左右设酒庆贺。

三人正饮之间,忽报罗清同五六百人来山下讨半年赁土钱。雄玉听得不敢问,赞觑定建忠曰:“乞借鞍马衣甲,生擒罗清来献,以报杨业得书，与诸将议曰："往年周主下河东，吾父子大胜其军，足以振威矣。今宋师又至，汉主复下诏来召，还当救之。"道未了，七郎进曰："中国军马之盛，大人此一回且莫发兵，待宋师将困河东，救之未迟。"王贵曰："小将军道差矣！君命召，不俟驾而行。常言救兵如救火，若待宋师临城，则成涓涓之势，徒劳无益也。正须急出兵相援，庶表忠国之志。"杨业然其言，乃令长子渊平守应州，自与王贵部兵即日赴晋阳来见刘钧，山呼毕，刘钧以宾礼相待，赐赉甚厚，业拜谢而退。次日，刘钧设宴于中殿，款待杨业。杨业奏曰："陛下召臣退敌，未能宽慰主忧，何敢受宴。"钧曰："卿之威望，马到成功，何患敌人不灭耶？但饮数杯，明日出兵未迟。"业拜受命。是日，刘钧亲赐业金卮，君臣尽欢而散。次日，业入见刘钧谢宴，因请旨出兵。钧曰："今日卿可部兵前行，若退得宋师，寡人当以重爵加卿。"业即日辞朝，率精兵前到泽州下寨。

第四回　讲和议杨业回兵　迎銮驾豪杰施能

哨马报入宋军中，太祖曰："朕往年随世宗下河东，未得利而回。今彼又来救援，可回军以避其锐。"潘仁美奏曰："杨家之兵虽雄，统属不一。臣与诸将当以奇兵胜之，勿劳圣虑。"太祖从其言，乃下令出兵。潘仁美与高怀德、党进、杨光美等商议。怀德曰："杨业武艺，河东有名者。明日交锋，可令萧华打初阵，赵嶷第二阵，吾与弟怀亮第三阵，君监大军相应，作此长围战之，可胜其兵也。"仁美大喜，即分遣而行。

平明，三通鼓罢，萧华引军前进，恰与杨业军马相遇。两军对敌，萧华捻枪勒马，高叫："北将急早纳降，以免杀伤之厄，不然长驱而进，踏河东为平地耳！"业提刀纵马跑出阵前，左有王贵，右有延昭，厉声骂曰："无端匹夫，死在目前，尚敢口出大言！"舞刀骤马直取萧华，华举枪迎敌，两马相交，斗不数合，被杨业一刀斩于马下。宋兵大败而走，业挥动左右赶来，宋阵中一军排开，乃赵嶷出马绰斧来与杨业交锋。战至二十余合，赵嶷亦被杨业一刀，连人带马，分为四截，余兵大溃。高怀德闻知大惊，急与怀亮引马军一万来敌。泽州赵遂闻知救兵来到，亦开门以应之。杨业直杀入宋阵中，怀德提枪迎之。两马相交，战有五十余合，不分胜败。杨业打马复回，怀德骤马追之，旁边转过杨延昭，截怀德于马下，却得怀亮拼死力战，救援怀德回阵。王贵麾军掩杀，宋兵折去无数。

怀德引军回见潘仁美，说杨业英雄，连斩大将二员。仁美曰："可见主上商议，徐定战杨家之策。"仁美奏知太祖：王师已挫一阵，杨家之兵难敌。太祖叹曰："莫非天意不欲朕平定河东乎？"即与诸将商议班师。杨光美进曰："杨业之众已与赵遂相并，声势颇振。若今班师而去，倘或敌人追来，吾军见北兵之盛，不战而溃，反取辱于外国也。为今之计，可遣人与杨业讲和，然后回兵，可无后顾之忧矣！"

第五回 宋太祖遗嘱后事 潘仁美计逐英雄

却说宋太祖回至京师,因途中冒冲暑气,养疾宫中,累日不朝。延至冬十月,转加沉重,因遵母后临终遗命,其弟晋王光义入侍,嘱以后事曰:“朕观汝龙行虎步,他日必为太平天子。但侄德昭当善遇之。再有三事,朕未能做得,汝宜承之。第一件,河东近边之地,不可不取;第二件,太行山呼延赞当召而用之;第三件,杨业父子朕甚爱之,欲召为将。吾观彼国有赵遂,可与此人通好,必诱他来降,且杨家父子只图中国之富贵,可于金水河边造无佞宅以待之,使人通消息于山后其家,必无疑矣。尚有朕中年在五台山曾许醮愿,盖因国家多事,未曾还得,汝若值朝廷无事之时,可代朕还。数事牢记勿忘。”光义拜而受命。太祖又唤其子德昭曰:“为君不易,今传位与叔王,以代汝之劳也。今赐汝金锏一把,在朝如有不正之臣,得专诛戮。”德昭曰:“君父之命,安敢遗忘。”太祖嘱罢,大声谓晋王曰:“汝好为之!”俄而帝崩,在位十七年,寿五十。后人咏史诗曰:

耿耿陈桥见帝星,宏开宋运际光明。
干戈指处狼烟灭,士马驱来宇宙清。
雪夜访求谋国土,酒杯消释建封臣。
专征一念安天下,四海黎民仰太平。

时漏下四更,宋后入见晋王,愕然亟呼曰:“吾母子之命皆悬于陛下矣!”晋王泣曰:“共保富贵无忧也。”次日晋王光义即位,更名炅,是为太宗皇帝。群臣朝贺毕,赠宋后为开宝皇后,迁之西宫。大赦天下。

太宗以即位之初,注意将帅。先朝符彦卿、马全义等皆物故。一日谓群臣曰:“河东辽夏皆吾敌国,先帝临崩之时,以太行山李建忠、呼延赞两名将属朕,朕须下诏召之。”杨光美奏曰:“李建忠等,先帝曾有封授,正宜宣其入朝,任以帅职,陛下欲下河东,是人必能建功也。"太宗依其奏，即日遣高琼为使，赴太行山召取李建忠等。高琼领命，径诣山寨传宣诏命曰：

朕初嗣位，注意将帅。乃者河东未下，烽火有警。今将招募雄勇，再议征举。近有太行山李建忠、呼延赞，弓马娴熟，武艺超群。部士以健，不下数千。朕以先帝之遗命，曾有受封未颁诰命。今特遣亲臣高琼赍诏来宣，卿闻命之日，其即赴阙，勿负朕望。

建忠等得诏，拜受讫，请高琼入帐中相见毕，琼曰："主上以二将军之名，遣下官即催赴阙，二公当随诏而行。"建忠曰："既闻君命，岂敢违诏。奈此处与河东隔一带之地，若将军马一同赴阙，彼得乘虚以夺吾寨。今令呼延赞随诏面君，吾留于此，专等圣驾下河东，则效命从征何如?"琼然其言。

次日，与呼延赞同马氏部众二千人，辞建忠离太行山，不日来到汴京。高琼引赞朝见太宗毕，复以建忠留寨之故，一一奏闻。太宗宣赞上殿，见其身躯魁伟，凛凛英风，称羡不已。赞既退，琼又奏曰："新将初到，陛下当以府第处之，庶慰来归之望。"太宗问群臣曰："近城有何壮丽所在，整饬与赞安止。"潘仁美出奏曰："臣访得汴城东郭门有所皇府，原是龙猛寨，唯有此处宏敞，现有壮兵一千看守，此实可居。"帝允奏，即下旨着呼延赞皇府安止。赞得旨，次日引本部与马氏径出东郭门，来到皇府第中，却是一所破屋，两庑倒塌，中堂倾圮，庭除深草，屋角蛛丝，全未整理，只有五百守军，皆是些疲癃老弱之辈。赞甚不悦，忧形于色。马氏力劝曰："将军息怒，此不过暂时栖止，待圣上有下河东之举，吾等便离此地耳!"赞依其言，权令军校扫除安顿。次日下令部军，勿忘戎事，每日出教场操练。

却说潘仁美遣人密探赞之动静，回报呼延赞自到府中，不以荒残为意，惟日夕整饬戎伍，部下号令严明，皆不敢私自入城，扰乱百姓。仁美闻报，自忖此人久后必得大位，欲思逐去之计，乃与心腹刘旺商议。旺曰："此事不难，彼今新到，未得重职，三日后当来参见大人。待其至，生一枝节苦虐之，彼被羞辱，必将逃去，安用逐为!"仁美大喜曰："此计甚妙。"即分付左右严设刑具以待。第四日，人报呼延赞

第九回 郭进大破耶律沙 刘钧敕书召杨业

耶律沙固劝不从，敌烈众未及岸，忽正东金鼓齐鸣，喊声振天，乃郭进人马杀来。敌烈排开军马，两下对圆。郭进舞刀纵骑大骂："北朝待死之寇，尚敢来惹速亡之祸耶！"敌烈亦骂曰："汝中国穷武连年，贪心无厌，是以出师援之。若早退兵，免得遭目下之诛。"郭进挥兵冲入，敌烈抡刀迎之。两马相交，战上二十余合，涧左一彪军杀出，乃呼延赞也，挺枪跃马，纵横冲断其阵。敌烈激怒，力战二将不退。对垒耶律沙望见敌烈势危，急催后军涉涧救之。南阵右侧高怀德之兵又到，两下鏖战，箭下如雨。郭进鼓勇向前，敌烈势力不支，溃围而走。郭进追及之，挥起捍刀斩落于涧中。可怜北地英雄，化作春梦。是时宋兵竞进，北军大败，被杀死涧中者不计其数，尸首堆垒，涧水为之不流。当下耶律沙引败众望小径逃走，呼延赞、高怀德率劲兵追之。耶律沙正在危急，忽山后一支军马杀出，乃辽将耶律斜轸。盖萧太后恐前军有失，故命耶律斜轸屯兵山后，以救不测。恰此遇着耶律沙杀败走到，耶律斜轸乃整兵奋力杀退宋军，保得耶律沙等去了。高怀德等合兵一处，报捷于太宗，太宗大悦，乃下令径取晋阳。

城中刘钧闻辽兵大败而去，惊惧无地，乃集群臣商议。右相郭有仪奏曰："宋兵势大，难以迎敌，不如奉表称臣，一则可以免怒；二则救满城百姓。"刘钧嘿然。中尉宋齐邱奏曰："河东城坚池深，精勇之士不下数十万，若使背城一战，胜负未可知也。何以辄屈膝而事人乎？臣举一将，足以破敌。"刘钧问曰："卿举何人？"齐邱曰："世居幽州人氏，姓马名风，当黄巢作乱之时，闻此人名声，兵不敢入州。使一根铁管枪，与王彦章齐名。今弃武学道，隐居嵩山，此人虽老，尚可用也。陛下若降诏召其为帅，率兵以退宋师，必收万全之功也。"刘钧曰："谁可赍诏召之？"有卷帘将军徐重进曰："臣愿赍诏前往。"钧即下命，遣重进前诣嵩山。来到山前，远远望见一所茅庵。径进庵门，窥见内有一人，身长八尺，黑面银须，端坐于石墩看经。重进前揖曰："此处莫非马将军庄上否？"其人起而问曰："阁下从何而来？"重进答曰："小可奉汉主之命，赍诏来宣马道士下山，以退宋兵。"其人曰："贫道便是马风，但我年已老迈，不比往年矣！今既奉诏旨，不敢不权为拜受。"因唤山童摆设香案，拜受诏旨毕，邀重进入庵中，分宾主坐定。乃问之曰："宋君举兵北征，谁为正将？"重进答曰："宋军惯战之将极多，惟有先锋呼延赞英雄无敌，近来攻取关州，皆此人之力也。今有宋中尉举足下能御宋师，特遣下官赍诏来宣，乞承旨下山，以慰我主之望。"马风笑曰："贫道筋骨衰老，鬓发霜侵，年近九十，大非昔日之比。且弓马久废，何能堪此重任？今山后杨令公拥兵于应州，何不举之退敌，而来召我耶？公宜急复主命，勿误军情。"徐重进闻言，不敢再强，只得辞别马风，归见北汉主，把马风口内情辞，如此这般，一一奏上。

刘钧闻说马风不肯应命，闷闷不悦，与群臣再议退敌之计。丁贵进曰："事势如此，陛下只得再召杨令公来救国难。"刘钧曰："杨家屡次出兵应我，往年泽州之盟，与宋师讲和而归，甚称中国恩德，寡人疑其有通谋情意，故不欲再召之。"贵曰："陛下以仁义待人，杨家父子实有忠义，宁肯负国耶？"刘钧准奏，复遣使赍敕命径诣山后来见杨令公，宣读诏书曰：

孤守晋阳，谨保一城，虽无汤武之德，常慕事大之名。自周世宗耻仇不绝，屡被见伐。今宋君继立，复帅精兵长围城下。百姓抱死亡之患，城郭有累卵之危。惟尔父子忠勤效命。诏书到日，即宜引兵赴阙，以卫国难，成绩之日，当颁重典，故兹诏示。

杨令公得诏，与王贵议曰："宋兵屡侵河东，若不救援，则有违诏之责；若径兴师，则前番与宋议和，岂宜失信。君何以计之？"王贵曰："将军河东镇臣，主上有难当救，何用执小信而迟疑？"令公然其言，即委王贵领镇应州。自率七子部精兵三万前来救应河东。有诗为证：

万马南来势气雄，旌旗闪烁蔽长空。
全凭国士擒龙策，一定封疆顷刻中。

哨马报入宋军中，主帅潘仁美召集诸将议战。高怀德进曰："杨令公乃劲敌也。自周世宗之朝，曾与对敌，未尝得利。今又举兵再至，当以深谋远计战之，不可卒攻也。"呼延赞曰："小将亦闻杨家父子天下无敌，我先领本部于来路冲击一阵，且观其势如何?"仁美允其议，即令赞前往。赞得令，率马军八千而行。却说杨令公兵马来到卧龙坡下营。哨骑报入：宋军于十里之外阻住去路。令公笑曰："敌贼不知兵势，自来取败。"问军中谁先出马？道未毕，第五子杨延德进曰："不肖愿先上阵。"令公许之，即付精兵五千。延德全身贯带，部精兵鼓噪而来。两阵对圆，延德绰斧跨马跑出高叫曰："宋将何不速退，将欲自取死亡耶?"赞大怒曰："无名小将，今日休走。"即挺枪跃马直取延德，延德舞斧来迎。两骑相交，二将连战四十余合，不分胜负。赞马上自思："人称杨家父子英雄，果不虚语。"二人欲复斗，马不堪驰。延德曰："马力困乏，明日再战。"南北乃各收军还营。

延德回见令公，告曰："宋将与儿连战四十余合，未决输赢。"令公曰："近闻宋军有呼延赞，武艺精锐，莫非正是此人，明日吾亲战之。"因下令征进，离宋营数里下寨。

有杨七郎欲建首功，密引所部兵三千，潜地出寨来劫宋营。正值潘仁美与郭进、高怀德等在军中议论兵法，忽然灯爆火灭。仁美曰："莫非杨家有兵劫寨，天公预使见报。"下令诸军多设弓弩，以备不虞，不可出兵骚动。高怀德等各按营而守，遵令分遣埋伏。杨七郎自料宋兵无备，引部下喊声杀入。忽营后一声梆响，伏军万弩齐发，箭如雨落，北兵射死者不计其数。七郎急回马，高怀德、郭进两骑冲出，追杀五里而回。七郎部兵折去大半。令公知之，大怒曰："不由军令，致损许多人马，按法当诛。"即令军政司押出七郎斩首示众。军令才下，牙郎将张文进曰："七将军虽有罪，其志总为国也。误致伤折，情理可原，乞令公赦之。"杨令公曰："父子虽至亲，法令不敢私，务必斩之。"众将力为劝解，令公怒始稍缓，乃着军政跣剥七郎，即于帐前捆打四十，血肉淋漓，观者无不懔懔。七郎匍匐谢罪而退。

令公谓曰："吾众初到，未可便与交锋，须待养威数日，审机而战，无有不克。"众将得令，人各坚营不出。

却说宋师潘仁美听知杨家军马来到,遂撤围迎战。南北对垒立营,一连拒守十数日,各不出兵。仁美遣健卒前往缉探北兵动静,回报杨家军马各严整兵器,欲与我军大战。仁美闻报,即下令诸将分营出战,高怀德为左翼,呼延赞为右翼,郭进为前后救应。分遣已定,众将各整备迎敌。

次日平明,鼓罢三通,南阵中潘仁美当先出马,上手高怀德,下手呼延赞,三匹马一字摆开。对阵杨业亦部兵出战,金盔银铠,白马红袍,左有延德,右有延昭,父子将兵,威风纠纠。仁美在门旗下暗暗称奇,出马问曰:"河东逆命之国,特来问罪,公何屡次出兵救之?"令公厉声曰:"汝主奄有中国,尚自不足,连年穷师远讨,既不免为贪兵,况往年讲和而退,盟血未寒之日,又来侵犯,是何道理?河东唇齿之邦,吾受刘主厚恩,特来救援,急早退师,犹存旧好。若迸半个不字,吾驱太原之兵,杀你片甲不留,那时悔之晚矣!"仁美闻言大怒,问阵中谁先出马,擒此匹夫。言未毕,这壁呼延赞挺枪出马,望杨业刺来;那壁杨延昭一马上前截住厮杀。战到七十余合,不分胜负。忽宋阵中鸣金收军。原来太宗看见杨家父子尽是英雄豪杰,心中正要招抚,故此鸣金收军,以待图策招徕,那时河东不难下矣。

第十回　八王进献反间计　光美奉使说杨业

却说是夜太宗回归营中，只是闷闷不乐，无计可施。维时八王揣知上意，因进言曰："陛下闷闷不乐，岂非为无计招降杨家父子耶?"太宗惊问曰："汝今有何妙计?"八王顿首奏曰："依臣愚见，只可遣人往河东行反间之计，管教杨家父子来归。"太宗喜曰："此计固妙，只是无人可行。"八王曰："此行须得杨光美去，事必万全。"是时光美正在旁边，即出班奏曰："臣不才愿往。"太宗大喜，即日给与黄金千两，锦缎千匹，并珍宝货赂，前往河东。

光美星夜来到赵遂府中。却说赵遂是刘主宠的嬖幸，赵遂所言，钧无不从。光美来到，先赂其左右，引见了赵遂，送了他黄金锦缎。赵遂本是小人，贪其厚利，便喜不自胜，问光美曰："大人天朝大臣，何意牧幸遐陬之老，若但有所教，无敢不从。"光美曰："吾主极知大人宠幸于刘主，言无不从。敬使光美布此诚意：河东、中原原无大仇，所以兴兵，不过欲来讲平。奈有杨业父子恃其勇悍，专耀兵威，遂使两国和好不成。且彼战不利则祸移河东，彼战一胜则阻兵而骄，刘主必且大加宠幸，于大人之遇未免少衰矣！我主是以愿乞大人一言疏之刘主，则彼必勒兵而回。那时却与大人定其和议，使河东、中原永为兄弟之国。则大人之宠益固，不让他人得专其美也，愿大人裁之。"赵遂既受了他许多东西，又听了他这番言语，遂有攘功妒能之心，曰："大人放心，赵遂自有区处，管教除了杨业父子。"将光美款待，潜地送回。赵遂自思：得了宋人许多礼物，若不除杨业，他日功成，反让他得专其美，岂不又失了宋人面皮。于是将些金银，日夜布卖谣言，说杨业受了宋人金珠，约与反兵助宋，同剿河东，待功既成，便与宋朝同分其地。此言一时传播，却又密通讯戒宋人切勿交战，但须逗留十日半月，管教成功。太宗得此消息大喜，问光美道："此事可信否?"光美曰："臣视赵遂小人，只知食禄固宠，又且忌妒杨业，此事可信无疑。陛下只须传谕各营坚壁勿战，俾遂得以就中取事，疏间杨家父子。伺彼有隙，然后臣奉片言招谕，管教山后军马入吾彀中。”太宗击节称善。乃下令戒谕军中：“各宜坚壁勿与交战，若其请战，但只听之而已。”此令既下，各营果是坚壁不出。

刘主见此犹豫，每日只促杨业出阵。杨业奉令，整军日出讨战，奈何宋营人马只是不出。杨业无计可施，又且河东纷纷说是令公得宋金珠羁縻欲叛，杨业愈慌，每日只是督军索战，宋军半分不理，故每日只是空回。赵遂连夜入见刘钧，说杨业受宋人金珠，要举众迎敌。钧大惊曰：“国舅何以得知？”遂曰：“此事臣知已久。往年泽州之围，杨业提兵来援，自与宋人通和而回，臣以国家用人之秋，未敢辄奏。今稽延不进，与宋师为观望之计，此反情已露，中外皆知，流言四起，万姓仓惶，非独臣一人知也。”刘钧信其言，因问赵遂拿杨业之计，遂曰：“陛下须降敕，宣其入国议事，预先埋伏甲士于殿下，待其来，投刀为号，齐出擒之，只消二十余人，便能成事。”

次日，刘钧遣使径诣北营中宣召，杨业入至殿前，拜见毕，刘钧拔所佩之刀投于阶下，两边伏兵听见刀声，一齐迸出，将杨业捉下。杨业不知其由，大惊曰：“臣无罪，陛下何以捉我？”刘钧怒骂曰：“汝与宋军通谋作叛，尚说无罪？”亟令推出斩之。宋齐邱苦谏曰：“杨业父子忠勤为主，焉有反情？陛下勿信谣言而误大事。”钧曰：“彼有三反之情，岂是谣言无据。屡日不出兵，一反也；不遣人通知出兵，二反也；往年私自受和而归，三反也。有此三反之罪，难以容留。”丁贵保奏曰：“即日宋师临敌，待其出战不胜，斩之未迟。”刘钧依奏，乃赦之，令退宋师。令公默然而退。回至军中谓诸子曰：“此必宋人用贿赂之计，使汉主疏我等父子。顷间若非宋丞相等力奏，险然一命不保。今命杀退宋师，则免我诛戮，不然仍要正罪。怎奈敌兵不出，何以退之？”延德进曰：“大人何用深忧，既汉主信谗而屏逐我父子，则人马复回应州，待宋兵攻破河东，那时思我父子，悔之晚矣。”令公曰：“我今本欲尽忠于国，既出兵来援，岂有引退之理。汝众人明日只管出战，再作商议。”延德怀愤而退，与部将密议，欲有归附大朝之意。次日，延嗣、延朗两兄弟出阵搦战，宋营中无一骑来敌者，日晚，延嗣等只得退去。

太宗闻刘钧要诛杨业消息，因与谋臣商议招降之计。杨光美进曰："陛下正宜乘此机以诱杨家来降也。"太宗曰："朕正苦未得其策。"光美曰："臣有一计，不消半个月，河东唾手可取，使杨家父子径入我朝也。"太宗悚然曰："卿有何妙策？"光美进前于太宗耳边。连道几句如此如此。太宗大悦曰："此事非卿不可行。"光美欣然领命，径诣杨业寨中，先使人通知杨业，杨业曰："往年正因此人来议和，吾厚待之而去，致汉主疑忌，今又至此，必有说词。先令健卒二十伏于帐外，听吾喝声，即出擒之。"分布已定，须臾光美昂然而入，杨业端坐帐中不动，两边七子齐齐立开。业问光美曰："汝来欲何为？"光美曰："特来劝将军归顺中国也。"业大怒，喝一声，帐下走过二十人，将光美登时捉缚，辄令斩之，延嗣曰："大人暂息雷霆，审其来语，如有不是，然后斩之。"业曰："汝试说来，若说不通，即请试刀。"光美全无惧色，朗声谓曰："吾闻良禽相木而栖，贤臣择主而事。将军来援河东，本欲竭尽其忠，今猜忌日生，无以自明心迹，事必败矣。我宋主仁德远敷，诸镇仰服，只有河东未下，其能久安乎？背暗投明，古人所贵，愿明公垂察焉。"业听罢，半晌无语。既而曰："吾不杀汝，放汝去，速令勇将来战。"光美不慌不忙退出帐外，拂袖堕落一密封于军中而去。左右拾得，被延德接着，拆开视之，却是画成图局一张，有无佞宅、梳装楼、歇马亭、圣旨坊，内写接待杨家父子之所，极其美丽。延德将与七郎细玩，七郎曰："莫说与吾等居住，便得一见，亦甘心也。"延朗曰："且莫露机，看汉主势头如何，若不善待我父子，即反归南朝也。"众人隐下，不与令公知之。

数日，刘钧遣人督战，粮草赏军之物又不给与。令公愈慌，与其子商议分兵出战。延朗进曰："非我众人不肯尽心，数日军中粮草不敷，众人各无斗志，若使出兵，必先自乱，焉能取胜？不如引退应州，再作计议何如？"业曰："汝等的有此举，复何面目以见天下丈夫乎？"延德曰："大人不自忖量，军士亦欲激变矣！"业见众论纷纷，且刘钧屡来责罪，只得下令，将军马一夕退回应州去了。消息报入宋营中，太宗知之，即召群臣商议。杨光美曰："且令诸将缓河东之攻，先定计降了杨家父子,不愁河东不下也。今乘其军马已退,可布谣言于应州,说北汉主以杨家父子有玩兵私逃之罪,欲结大辽出兵讨之,彼闻此消息,人怀内惧,陛下再遣人说之,事必成矣。”太宗依其议,即下令军中布谣言,传入山后不题。

却说杨令公寻夜归至镇下,不数日闻此消息,军士皇皇,统属不一。令公坐卧无计,忧形无色。夫人佘氏问之曰:“令公自晋阳归山,何以日夕抱闷?”令公长叹不已,只得将汉主见罪之事告知。夫人曰:“曾与众儿子商议否?”令公曰:“多有劝我投降,只恐非长策也。”夫人曰:“若大朝厚待汝父子,归之亦是长策,何必深忧!”令公曰:“正不知待我之情何如,若使不及汉主,反受负忠之名,那时进退两难矣。”令公言罢,径出军中。适五郎延德入问母曰:“方才父亲所言何事?”佘氏以令公之语告之。延德曰:“事不偶然,我父子有王佐之才,定乱之武,何所归而不厚哉?”言罢即以所得宋人绘图展开与母观之,延德一一指说其详。时有二妹在旁,长曰八娘,年十五,次曰九妹,年十三,闻说如此之富贵,力怂其母劝父归顺大朝。母曰:“汝等且勿言,待我以机会劝之。”

次日,与令公对席而饮,酒至半酣,夫人问曰:“妾闻军中日夕怀大辽出兵之忧,此事殊为可虑。令公值此进退不决之地,光景易去,年华日逼,致使功名不建,深为可惜。不如从众孩儿之言,弃河东而归顺大朝,上酬平生之志,下立金石之名,岂不胜幽沉于夷俗,致万古只是一武夫乎?”令公闻言欣然曰:“夫人所论极是,我明日当与众将商议归降。”

令公思忖一夜,次日出军中,召集诸将定议归顺中国之计。牙将王贵进曰:“令公此举亦非细事。必先自重,然后人重之。须先遣人通知宋主,待其差大臣勇将赍敕书来到,然后归之,可保全美。”令公然其言,先遣部将张文前诣宋军中来见太宗,道知令公将归顺大朝之事。太宗因集文武问曰:“令公将欲来归,当何以处之?”八王进曰:“杨家父子若有此举,陛下难以等闲待他,须于文武班中推二人赍诏前往通意,则彼必倾心归顺,毋所疑惑。”太宗问谁可往,道声未罢,杨光美进曰:“文臣牛思进言词清朗,武臣呼延赞英气慷慨,此二人若去，事必万全。”太宗允奏，即下诏遣二人赍厚礼诣应州，来见令公，宣读诏书曰：

朕以国家多事之秋，所难得者人才也。是以即位之初，注意边将。兹尔山后应州杨令公父子，文能兴邦，武可定乱，隈屈于寯远之方，舍置于闲散之地，朕甚惜焉。且河东克在目下，君将何归？今特遣亲信文武二臣赍来敕命，道知朕意。尔父子果有幡然之志，投降中国，朕将委以重职，使子孙受莫比之富贵，而令公得金石之高名，岂不伟欤！故兹诏示，想宜知悉。

杨令公得诏，拜受命毕，即请牛思进与呼延赞入帐中，分宾主坐定。牛思进曰：“主上以令公倾心归命，特遣小可二人敬来麾下，面定其约。且众人望公之到，如大旱之望云霓，幸勿疑贰。”令公曰：“区区守此僻土，上不能尽忠汉主，下不能立功当朝，实为中国所羞。”呼延赞曰：“令公道差矣，君有文武全才，效忠为国，志亦勤劳，奈刘钧幸臣用事之日，不欲令公父子建立奇功，致使进退沉滞，而有归大朝之念，此诚天意使公等立不世之名于我朝，岂偶然哉！”令公见二人理通词顺，甚加敬服，因令左右设酒礼相待，众人尽欢而散。

次日，令公入与夫人商议归降之事。夫人曰：“令公既有意归顺于大朝，何必再议。”因令其子调集边方军马，装载府库金帛，先令差来二臣复命，准备起行。后人有诗赞曰：

山川钟秀不徒然，致使英雄产太原。
父子从教归大宋，契丹拱手定三边。

第十一回　小圣感梦取太原　太宗下议征大辽

宋太宗太平兴国四年己卯岁起，是岁混一中原，至雍熙三年丙戌岁止，凡八年。

却说牛思进与呼延赞回奏太宗：杨家父子随即率众来降。太宗谓八王曰："既杨业将来，卿率群臣于中路迎之。"八王领旨，即日率众臣于白马驿中等候。忽报北地旌旗蔽日，尘土遮天，想必杨家军马来到。八王听得，引众人出驿观望。不移时，前哨报入杨令公军中道知：中国官员驿前迎候。令公即下马前进，见两边百官衣冠侍立，门上击鼓相迎。八王当先施礼曰："奉主公宋君之命，为令公远涉风尘，特遣众臣于中途迎候。"令公初到，未知是谁，似有倨色。呼延赞恐其失礼，乃近前谓令公曰："此是宋君嫡侄，金简八王也。"令公大惊，便拜伏于路旁。八王连忙扶起，与令公同入驿舍，早已安排酒礼，众臣一齐殷勤相劝饮酒。杨家军马驻扎于驿外，宿了一宵。

次日，八王与令公并辔而行，来到宋营。近臣奏知太宗，太宗下命宣入。八王引令公朝见，拜伏帐外，稽首请罪。太宗深加慰劳，授杨业边镇团练使之职，统率所部，候班师回京，再议升擢。业受命而退，以带来车马驻于城南，按甲不出。

太宗下令诸将，仍前去急攻河东。是时刘钧闻报应州反了，杨业顺归大朝，惊得神魂飞落，寝食俱废。宋齐邱与丁贵等只得婴城拒守。宋师连攻数日不下，潘仁美分遣诸将筑长围攻击，金鼓之声达于内外，城上矢石交下如雨。丁贵等欲舍死抗敌，入见刘钧，乞借兵于大辽，以救国难。刘钧允奏，遣人星夜诣大辽求救不题。

却说太宗以太原久围不下，于二月初三日亲至军前督战，高怀德、呼延赞等分门紧攻，城堞皆崩，杀伤甚众。太宗手诏谕汉主出降。使者至城下，守阵军不纳。太宗大怒，与诸将卫士进屯城下，列阵于前，南北军对射，矢集城上如猬毛。是夜太宗宿于中营，隐几而卧，忽闻报云:夫人至矣! 太宗开眼视之,见三四十黄巾力士迎着一乘轿来,须臾,有妇女从轿中出,取过白帖一张,付与太宗。太宗问曰:“卿是何人?”妇人答曰:“妾乃河东小圣,今献小计来见我主。”太宗看纸上写着八个字云:“壬癸之兵,可破太原。”太宗看罢,觑那妇人,忽然不见。觉来却是一梦,将近五更。太宗急召八王、杨光美入营中详梦。光美曰:“壬癸属北,莫非教陛下从北门攻打,可破太原。”太宗然其言,次日下令诸将急攻北门。

是时汉主外援不至,饷道又绝,城中大惧。先夜梦见金龙一条,从北门随水滚入,城尽崩陷,惊觉失色。平明忽报宋君降手诏,遣人于城下谕降,终保富贵。刘钧见势倾危,又得此梦,急召文武诸臣议曰:“吾父子在晋阳二十余年矣,忍将以祸加百姓? 若不即降,必有屠城之惨,我心何安。不如投降,以安百姓。”群臣闻之,无不下泪。人报国舅赵遂已开城北门与宋师入城矣,刘钧乃哭入宫中。

潘仁美当先进城,遣人传旨与汉主:宋君宽仁大量,并无加害之意。钧始放心,乃遣李勋赍印绶文籍奉表乞降。太宗下诏许之。车驾进北门城台,设宴奏乐,与从臣于台上酣饮。汉主率宫属缟衣纱帽待罪台下,太宗赐以袭衣玉带,召使登台,汉主叩头谢罪。太宗曰:“朕以吊民之师至此,岂有加害,但放心勿忧也。”汉主谢恩已毕,因请车驾入太原府,百姓香花灯烛排开迎接。太宗升堂坐定,北汉诸官皆拜降于堂下。太宗宣授刘钧为检校太师右卫上将军,封彭城郡公,仍领河东。按北汉刘崇于后周太祖广顺元年据太原称主,统州十二,迄刘钧四世二十九年,至是降宋。凡得州十,县四十,户十三万五千二百二十,如是河东悉平。静轩有诗曰:

投降敌国胆生寒,圣主驱随驾两骖。
总为吊民非好战,马前不信是张堪。

太平兴国四年,太宗下议班师。潘仁美进曰:“河东地控幽州,契丹屡为边患。今陛下车驾在此,军士效命,可乘破竹之势平定辽东,千载一时之功也。”道未罢,杨光美进曰:“河东初定,军士披坚执锐者日久,且粮饷不继,陛下宜回车驾,徐定进取。”是时众论纷纷,太宗未决,起入行宫,召八王、郭进、高怀德一班战将入议其事。先是围太原时，从军或不知太宗所在，军中或欲议立八王，八王不肯。及太原既定后，太宗闻之，故意久不行赏。八王曰："太原之赏未及将帅，今又将有大辽之行，军士不堪，莫若依光美之议，班师回京，诚为上计也。"太宗怒曰："待汝有天下，当自为之。"高怀德曰："潘招讨所论，欲建边方之大计。此去幽州，咫尺程也，若使功成，太平指日而见矣。望陛下从其议。"太宗意乃决。次日下命，以礼部郎中刘保勋知太原府事。车驾离太原，遂伐辽，分遣诸将及杨家兵望幽州征进。时暮春天气，但见：

山桃拥锦，岸柳拖金。时闻村酒出篱香，每见墙花沿路吐。丝鞭袅袅，穿红杏之芳林；骢马驰驰，蹴野桥之绿草。随驾心忙嫌路远，从征意急恨行迟。

大军一路无词，不日来到易州下寨，潘仁美遣人下战书于城中。守易州者，辽之刺史刘宇，听知宋兵来到，正与牙将郭兴议战守之策。忽报宋营遣人下战书。刘宇得书，回问郭兴曰："公所见何如?"兴曰："据小可之见，宋师近日平定河东，乘此胜气来到，安能拒之。不如遣人前诣军中，察彼动静，献城纳降，可保万全也。"刘宇曰："此行非公不可。"郭兴慨然领命，径赴宋营，见高怀德端坐营中，兴心甚恐。及入帐，怀德问曰："大军临城，汝来见我，有何高论?"兴曰："天兵如雷霆，逆而当者，无不齑粉，今主将特遣小可陈乞降之状，以救一城生灵。"怀德大喜，即引见潘招讨，道知其由。仁美曰："彼既投降，当令明日开城迎接车驾。"郭兴拜辞而去。次日，与刘宇开城出降，迎接太宗车驾入府中驻扎。凡得兵二万，粮草一十五万，骏马六百匹。太宗封刘宇官职如旧，下令进取涿州。守涿州者辽判官刘厚德，已知宋兵下了易州，召部下商议部署，詹廷珪曰："宋君仁明英武，统一有机，不如开城迎降，以图富贵。"厚德闻言，即遣人于宋营中乞降。潘仁美得报，次日护车驾进涿州，厚德拜于堂下请罪，太宗抚而纳之。是时太宗军马出师二十余日，平定二州。后人有诗赞曰：

干戈一指入辽封，敌将开城节使通。
圣主威风千里远，黎民争应道途中。

消息传入幽州，萧太后大惊，急聚文武商议。左相萧天右出奏曰:“陛下不劳惊虑,臣举二人,可敌宋兵。”萧后问曰:“卿举何人?”天右曰:“大将耶律奚底、耶律沙,智勇足备,若使部兵迎敌,必能成功。”萧太后允奏,即令耶律休哥为监军,耶律奚底与耶律沙为正副先锋,统领五万精兵前行。休哥等得命,部兵出城,南北营寨旗鼓相接,兵势甚威。哨马报入潘招讨军中,仁美集诸将议战。呼延赞曰:“小将先试一阵,以挫辽兵之威。”仁美允之,付与步军八千。高怀德曰:“小将前往相助,共建功勋。”仁美亦与马军八千,怀德引兵去了。分遣已定。

次日鼓罢三通,列阵于幽州城下,宋军北向,辽军南迎。辽将耶律奚底全身披挂,跃马当先。宋将呼延赞横枪勒马立于门旗之下,问曰:“来者何人?”耶律奚底怒曰:“萧太后驾下大将耶律奚底是也。”赞骂曰:“辽蛮匹夫,敢来争锋耶!”即跃马举枪直取奚底,奚底绰斧迎战。两下呐喊,二将战上数合,不分胜负。番将耶律沙一骑飞出,双敌呼延赞。呼延赞力战二将不退,忽宋军中鸾铃响处,高怀德纵骑当先,舞枪抵住耶律沙交锋。四匹马踏动征尘,南北军箭矢交射,从早晨战至日午,胜负未决,两下互有相伤。呼延赞扬声曰:“马力已乏,明日再战。”乃各收军还营。

第十二回　高怀德幽州大战　宋太宗班师还汴

却说高怀德与呼延赞归至营中,道知辽将英雄,未决胜负。仁美曰:"耶律沙乃辽之骁将,汝等当慎而战之。"赞等退出,仁美入奏太宗曰:"辽兵势锐,今日之战恐不能取胜,臣甚忧虑。"太宗曰:"朕须亲临战阵,与番将决一雌雄。"八王进曰:"陛下当保重,自有诸将出力,不必亲犯矢石也。"太宗不听,次日竟下命督诸将来战。

却说耶律休哥正与众将议敌宋兵之计,哨马报宋兵倾营而来,要与元帅决一胜负。休哥闻报,谓耶律沙曰:"大将耶律学古屯守燕地,正扼宋师之兵,可令其出兵袭其后阵,吾与诸将整兵于高梁河。"列开阵势,望见宋兵漫川塞野而来,前锋呼延赞跑马出阵高叫:"番将选勇者来问话!"语声未绝,北阵中耶律沙横刀而出,厉声喝道:"宋将速退,免受擒戮。"呼延赞挺枪直取耶律沙,耶律沙抡刀来迎,两马相交,连战三十余合,不分胜负。北将耶律奚底飞骑舞斧从旁攻入,高怀德一马当先抵住。两下金鼓齐鸣,旗旗乱滚。四将鏖战之间,忽宋军阵后数声炮响,如山崩海涌之势,辽将耶律学古率劲卒冲击而来。宋军正不知何处兵马,先自溃乱阵脚,队伍不齐。耶律休哥在将台上望见宋阵已动,出一支生力军马直冲其中。太宗急下令诸将护驾。潘仁美闻此消息,骤马拼死来战,正遇耶律休哥兵到,交马只一合,将仁美戳于马下。郭进看见,一骑抢出救之而还。

是时连营去远,诸将逢着敌手,战之未下,及闻太宗有难,乃各抛弃来救。太宗已单骑杀出围中,落荒望汾坝而走,被耶律休哥部将兀环奴、兀里奚二骑乘势追逼。南营杨业看见,顾诸子曰:"主上有难,何不救之!"杨延昭匹马当先,喝声辽蛮慢走。兀环奴激怒,抡刀便砍,延昭挺枪迎敌。战不两合,被延昭当胸一枪,刺落马下,杀散追兵。延昭见太宗立于坝上,问曰:"陛下之马何在?"太宗曰:"已被乱矢所伤,不堪骑乘。"延昭曰:"可急乘臣马,臣当步战杀出。"太宗恐延昭无马不能取胜，乃曰："卿当乘马而战，吾只乘驴车而去。"延昭曰："敌兵来得多矣！陛下速上马，宁可伤臣，望勿顾惜。"正在危急之际，适七郎单骑杀入，见延昭曰："宋兵战阵已乱，哥哥何不急保主上而走。"延昭曰："汝以所乘马与圣上骑，吾当先杀出。"七郎即扶太宗上马。延昭怒声如雷，突出重围，正被兀里奚众军拦住。延昭咬牙觑定兀里奚，一枪刺去，正中咽喉而死。绕过西营，北兵矢石交下，延昭透不得重围，恰遇杨业、高怀德、呼延赞三将冲溃杀来，救出太宗，走奔定州。此处可见杨延昭之勇，后人有诗赞曰：

斩坚入阵救君王，敌将争迎致灭亡。

未入中朝先建绩，将军名望至今香。

潘仁美收拾残兵，但见尸首相叠，血流满野。宋兵折去八九万，丧其资械不可胜计，于是易、涿等州复归于辽。耶律休哥已获全胜，乃收军还幽州不题。

却说太宗走入定州，众将陆续都到。八王等进前拜谒，帝曰："今日若非杨业父子力战，朕几一命难保。"八王曰："陛下百灵之助，贼兵自不能伤。自今还当保重圣躬，不宜亲冒险地，设使诸将一时不及救应，谁为陛下计哉？"太宗点头以应。即召杨业入帐中，赏以缎帛二十匹，黄金四十两，因谓之曰："权以赐卿，聊为相信之礼，候班师之日，再议报功。"杨业再拜受命而出。

八王奏曰："运饷不给，军士凋丧，乞陛下班师回京，以慰臣民之望。"太宗从其议，即日下诏班师。以潘仁美为前队，杨业为中队，其余诸将各以所部护驾在后。旨令既下，诸将准备，起发定州，望汴京而还。有诗为证：

泽国江山入战图，生民何计乐樵苏。

凭君莫话封侯印，一将功成万骨枯。

大军一路无词，不日归到汴京，文武群臣朝见毕。太宗曰："朕以幽州之辱，常悬胆以报雪，汝众臣各陈所见，为朕熟筹之。"司徒赵普与参知政事窦偁、郭贽等奏曰："陛下以甲兵之利，府库之富，何患丑贼不灭哉！但以军士围太原已久，疮痍未复，须待秋高马肥，蓄威养锐，徐图进取，未为晚也。"太宗从其议，下命宴征太原将士于崇元殿,是日君臣尽欢而散。

次日降敕,封杨业为代州刺史兼兵马元帅之职,其长子以下俱封代州团练使,居第于金水河边无佞宅,赐赉甚厚。群臣奏以杨业未立大功,封赐过重,帝曰:"朕以信义处人,岂可有失于臣下。"竟下命。杨业复上表辞其众子之职,表曰:

> 臣杨业稽首拜言:窃谓圣明在上,万物同春。臣僻生边鄙,赋性粗率,文不能立国,武不能定乱。蒙陛下覆载之仁,浩荡之德,赐第宅于金水之河,授敕命以代州之任。如此宏恩,使臣虽碎骨捐身,莫能效命于万一。日夜怀惧,惟思报本。臣愚蠢之子,未见寸功于朝廷,而皆得团练使之职,恩命既下,中外骇焉,臣何敢当!乞陛下以赏罚为慎,追还众子之诰,使臣得免滥受之罪,以图尽职。频思致命,不胜幸甚。

太宗览表,降旨准其所请,杨业谢恩而退。是时边警暂息,烽火不闻。太宗日与群臣在宫中讲论治道,计议藩镇将帅,或升或调,皆得其宜。

话分两头。却说耶律休哥自胜宋师以归,颇有张大之志,萧后甚倚为重。正值萧后设宴以待文武诸臣,耶律休哥进曰:"往者以陛下福荫,出军迎敌宋师,臣仗诸将用命,杀之败衄而去。今臣欲乘中国走归之后,人怀内惧,谨领精兵直捣汴京,以报围困幽州之辱,乞陛下允臣所请。"萧后曰:"以卿所论,诚忠言也。只恐中国人强马壮,未可进取。"燕王韩匡嗣曰:"臣愿与耶律将军同出兵伐宋,审机而进,自有成绩。"萧后依奏,降旨以韩匡嗣为监军,耶律休哥为救应,耶律沙为先锋,率精兵十万伐宋。匡嗣等领命,即日兵出幽州,望遂城进发。时值九月天气,但见:寒风落叶秋容淡,鸿雁声悲旅思中。辽兵进发数日,始至遂城西北五十里下寨。

守遂城者宋将刘廷翰,听得辽兵骤至,与副将崔彦进、李汉琼等议曰:"辽人以主上兵败而回,乘此锐气特来围城,将何以退之?"彦进曰:"若与之战,胜败未可知,当用诡计,竖起降旗,诱其入内擒之,可一鼓而成功也。"廷翰曰:"此计固妙,但恐其有疑,不纳我等之降如何?"汉琼曰:"先以粮饷进之,彼见我情之真,决无不纳。"廷翰大喜,即遣人入燕营中济饷请降。韩匡嗣曰:"汝主来降,将何为信?"差人曰:"先献钱粮与元帅充军饷之用,然后率众纳款。"匡嗣信而允之。耶律休哥进曰:"宋军气势不弱,今未交锋而请降,此诱我之计也。元帅宜整军待之,勿信其言。"匡嗣曰:"彼以粮饷与我,岂有不真。"遂不听休哥之谏。次日兵及城下,廷翰得差人回报之语,即整点军马,令崔彦进率马军一万屯城东门,待辽兵入城后,砍破其营。彦进领兵去了。又唤李汉琼领步兵一万屯城西门,敌人若到,放下闸桥,乘势擒之。汉琼亦领兵而行。廷翰分遣已定,自率劲卒密出南门作救应之兵。

第十三回　李汉琼智胜番将　杨令公大破辽兵

却说韩匡嗣遣人缉探动静，回报宋人大开西门，并无只骑来往。匡嗣不信，自率轻兵来看，首先进入，壕堑吊桥装点齐备。燕护骑尉刘雄武进曰："元帅不可轻入，适望城中隐隐似有刀兵之状，若不急退，堕其计矣。"匡嗣猛省曰："汝之言是也。"即令后军慢进，忽闸边数声炮响，如天崩地塌之势。李汉琼引宋军抽起壕闸，当先杀出。韩匡嗣大惊，勒马便走。汉琼提刀追来，辽将刘雄武奋勇迎敌，二骑相交，战不数合，被汉琼一刀劈于马下。宋军竞进，辽兵大败，自相践踏，死者不计其数。耶律沙一骑飞来，保救匡嗣杀向旧营。崔彦进引马军斩坚而入，正遇耶律沙交锋，耶律沙见宋兵势大，不敢恋战，拼死与匡嗣夺围走奔易州。彦进掩兵追击，辽师拔营而逃，遗弃辎重殆尽。刘廷翰从城南绕进，与彦进等合兵追赶，独耶律休哥以中军力战不退，廷翰乃收军回城。

休哥引残骑回见匡嗣，言宋兵太甚，一时无策，可急返幽州，再作商议。匡嗣忧惧无已，只得率众归奏萧后。萧后闻知败兵折将之由，急召耶律休哥问曰："出师未逢大敌，如何便致丧败？"休哥以宋人用诈计相诱奏知，后曰："军中有汝在，何不参其议？"休哥曰："臣亦曾谏，匡嗣以臣所料太过，乃致误遭奸计也。"后大怒，下旨暂韩匡嗣以正国法。耶律沙等力救曰："匡嗣之罪，本不容辞，念其为先帝之臣，乞陛下赦之。"后怒稍解，乃削其官职，黜退为民。下令着耶律休哥为主帅，耶律斜轸为监军，再统十万精兵伐宋报仇。

旨令既下，休哥等克日出师。忽哨马报入遂城，刘廷翰集诸将议曰："辽兵乘锐而来，要与我等死战，只宜坚守，一面遣人申报朝廷，待救兵一至而后议战，则破辽兵如拾草芥耳。"众人遵令，各分门而守，按兵不出。

是时汴京已有边报奏入：近日宋辽鏖战，宋师大胜。君臣正在议论间,忽奏辽兵又犯遂城,乞发援兵相助。太宗闻奏,谓众臣曰:“遂城乃幽燕之咽喉,辽兵既出,势所必争,若使遂城有失,则泽、潞二州亦不可守,谁能领兵救之?”杨光美进曰:“杨业父子常欲立功以报陛下,若委以此任,破辽必矣!”太宗依其议,即授杨业幽州兵马使,使部兵五万,前救遂城。业得命,欣然而行,令长子杨渊平监领余军,自率延德、延昭,克日兵离汴京,望遂城进发。来到赤岗下寨,隔遂城不远,先遣人报知城中。刘廷翰知是杨业来救,大喜,召诸将议曰:“杨业世之虎将,辽兵非其敌也。汝等但整饬器械相应。”彦进等各去整备不题。

却说杨业父子之兵,于平原旷野排开阵势,忽见一彪军旌旗蔽日,尘土漫天,杨业出阵视之,一员大将唇青面黑,耳大眼睁,乃耶律沙也,横刀勒马问曰:“来将是谁? 先报姓名。”杨业笑曰:“无端逆贼,妄生边衅。今日救死且不暇,尚敢问吾大名哉!”耶律沙顾谓军中曰:“谁先出马挫宋师一阵?”言未毕,骑将刘黑达应声而出,纵马舞刀直取杨业。杨业正待亲战,五郎杨延德一骑飞出,抡斧抵住交锋。两下呐喊,二将鏖战,刚刚战到第七个回合,延德卖个破绽,转马绕阵而走。黑达要建首功,骤马追来,马尾相接,延德绰起利斧,回马当面一劈,黑达连头带盔,撞翻马下而死。番将耶律胜纵骑提刀要来报仇,杨延昭挺枪迎战,两马相交,杀做一团。延昭奋枪一刺,耶律胜翻鞍落马,血溅尘埃。正是:阵上番官拼性命,征场宋将显威风。杨业见二子战胜,驱动后军冲入北阵。耶律沙舞刀力战,不能抵敌,跑马望中军逃走。杨业一骑左冲右突,如入无人之境,番兵大乱,死者无数。刘廷翰开了西门,引兵抄出,耶律斜轸拔寨奔走瓦桥关,廷翰与杨业合兵进击,杀得番兵尸首相叠,血荡城河,得其辎重衣甲极多。

杨业既获全胜,驻师遂城之南,与诸将议曰:“辽将走据瓦桥关,我当乘此锐气剿灭番兵。”刘廷翰曰:“耶律休哥智勇之将,今既远遁,元帅暂且息兵遂城。审机而进。”杨业曰:“兵贵先声,使敌人不暇为谋,此取胜之道也。公等勿虑,只管进兵。”诸将得令,直杀奔瓦桥关,扬旗鼓噪,列阵于黑水东南,兵势甚盛。

是时耶律休哥等听知宋师长驱而来,与耶律斜轸议曰:“杨家父子真劲敌，杀我兵将如斩瓜切菜，无人敢当。今来围攻瓦桥关，只可据守，不可出战，待彼粮食将尽而后战之，可雪前耻矣！”斜轸然其议，下令诸将协力坚守关口，按甲不出。宋师乘势攻击，关上矢石交下，人不能近，惟远远瞰围而已。一连攻打十数日不能成功。杨业亲引数十骑出关，审视地势，远望靠左一带，尽是草冈，乃辽将屯粮之所，右边通黑水，番兵皆据岸而营。杨业看了一遭，入军中召刘廷翰议曰：“贼兵坚守不出，其意将待我食尽而为攻袭之计。乘今北风夜作，寒冬天气，关左草木焦枯，若用火攻之，计可破此关也。”廷翰曰：“令公之论，与小将暗合，惟虑耶律休哥测破。”业曰：“吾自有计伏之。”即令军人捉一乡老来，问之曰：“瓦桥关左侧有小路可入否？”乡老曰：“只有一条樵路，人马不堪行，只今辽兵用木石塞断其处，难以通透。”令公听罢，以酒食赐乡老而去，召过延德谓曰：“汝引步军五千，卸去戎装，密密偷出樵路，人各带火具，候在交兵之际，即便举起。”延德领计去了。又唤延昭入曰：“汝带马军五千，乘黄昏时直渡黑水，敌贼必出兵半渡来袭，便复登岸而走，吾自有兵接应。”延昭亦领计而去。杨业复谓刘廷翰曰：“公与崔彦进率所部待吾儿退走，沿岸接战。敌兵若见关后火起，必先慌乱，可获全胜。”廷翰慨然而行。杨业分遣已定，自引中军在高处瞭望。

却说耶律斜轸见宋兵攻关不下，自与诸将谈论饮酒，遣人缉探宋师动静，回报宋师将渡黑水暗袭燕城，斜轸笑曰：“人言杨业素善用兵，徒有虚名耳。”因遣耶律高领精兵五千，拒岸而守，乘其半渡逆击之，可破其众，耶律高领兵去了。又遣耶律沙、韩暹部兵一万袭宋营垒。分拨已定，自与休哥等整兵接应。将近黄昏，杨延昭引兵直趋黑水，众人各携土囊从下流而渡。未过一半，耶律高率精兵乘势杀来，延昭军马复奔回南岸。辽将已渡过水，与延昭交锋，延昭且战且走。俄而信炮响亮，两岸箭弩如雨，刘廷翰等斩坚而入，正迎着耶律高交锋。耶律沙与韩暹二骑冲突宋营，喊声如雷，奋勇而进。杨延德步兵已偷过樵径，听得前面金鼓不绝，知是交兵，令部下点起火具，正值夜风骤起。火势迸发，一时满天红焰，番兵守粮者各自奔溃。耶律高见关后火起，急杀回原路，被廷翰赶近前，斩落水中。比及耶律沙已知中计,复引兵来救,杨延昭、刘廷翰等合兵进击,辽兵大败,各抛戈弃甲逃生。杨延德引兵从关后攻出,耶律休哥保斜轸杀奔蓟州。宋兵遂乘势夺了瓦桥关,天犹未明,烟焰正炽,杀死番兵无数。次日平明,诸将各上其功,杨业曰:“可乘此破竹之势,数节之后,迎刃而解,可进兵围燕城。”廷翰曰:“令公胜锐已振,辽将已皆胆落,然今粮饷不继,未可深入敌境。”令公然其言。遂驻师于瓦桥关。

却说耶律斜轸又败一阵,不胜愤怒,与众将整兵要来决一死战。休哥进曰:“胜败乃兵家常事,元帅不必深耻,可奏知主上,得助兵来应,然后宋师可破也。”斜轸从其言,即差人来奏萧后。萧后闻知屡败,乃大惊曰:“宋师是谁用兵,能如此胜敌?”来军奏曰:“河东山后令公杨业也。”萧后曰:“久闻此老号杨无敌,名不虚传矣。”即遣大将耶律奚底率兵五万救之。奚底得旨,即日出兵幽州不题。

第十四回　犒将士赵普辞官　宴群臣宋琪赋诗

哨马报入杨业军中，业与诸将议曰："既辽兵复出，且缓其战。待我报捷朝廷，粮饷充足，须平定燕、幽，然后班师。"廷翰等然其议，业即遣团练使蔡岳归奏太宗。太宗闻知连胜辽兵，且大军直进燕、幽，心中大悦，因问辽之消息如何。岳曰："辽将不胜其辱，今复益兵来战。杨主将屯扎瓦桥关，近因粮食不充，未敢进兵，特遣臣赴阙奏知。"太宗与群臣商议，欲亲征大辽。枢密使张齐贤上疏奏曰：

圣人举事，动出万全，百战百胜，不如不战而胜。若重之谨之。戎狄不足吞，燕蓟不足取。自古疆埸之难，非尽出戎狄，亦多因边吏扰而致之。若缘边诸寨抚御得人，但使峻垒深沟，蓄力养锐，自逸以处，宁以处人。所谓择卒不如择将，任力不及任人。如是则边鄙宁而河北之民获休息矣。臣又闻家六合者以天下为心，岂止争尺寸之土，角戎狄之势而已。是故圣人先本而后末，安内以养外。是知五帝三王，未有不先根本者也。尧舜之道无他，广推恩于天下之民尔，推恩者何？在安而利之，民既安利，则戎狄敛衽而至矣。

疏上，太宗以示赵普、田锡、王禹偁数臣。赵普奏曰："齐贤所陈，当今之急务也。乞陛下召还杨业之兵，敕帅将严设边备，即燕、幽不能为中国患矣。"太宗允议，即日下诏遣使召还伐辽之师不题。

却说杨业在关中，得圣旨来到，与诸将议曰："朝廷既有班师之命，可将众分作前后而行，以防北兵追袭。"延德进曰："所难得者，机也。大人连胜辽敌，再假十数日之程，直捣幽、蓟，取其地舆以归，上报朝廷知遇厚恩，岂不美哉！"业曰："吾亦有志如此，奈何君命既下。若不还军，反有违抗之罪，纵建微功，亦不足偿也。"延德乃不复敢言。次日令刘廷翰等固守遂城，自率所部离了瓦桥关，径望汴京而回。静轩咏史诗曰：

功在垂成诏即行，堪嗟机会竟难凭。
陈家谷口忠勤念，千古令人恨不平。

杨业既至京都，朝见太宗，太宗深加抚慰，赐赉甚厚。因令设宴犒赏征辽将士，君臣尽欢而散。

次日赵普辞罢丞相之职，帝曰："朕与卿自布衣知遇，朝廷赖卿扶持，何以辞职为哉？"普曰："臣且老迈，不能理繁，乞陛下怜臣枯朽之体，允解政事，则生死而肉骨矣。"太宗见其恳切之甚，遂允其请，罢普为武胜军节度使。普拜受命，即日辞行。帝于长春殿赐宴饯行。酒至半酣，帝于席上谓普曰："此行只遂卿之志，遇有急事商议，卿闻命之日，当即随使而来，勿负朕望。"普离席领命，帝深有恋眷之意，亲作诗以送之曰：

忠勤王室展宏谟，政事朝堂赖秉扶。
解职暂酬卿所志，休教一念远皇都。

普奉诗而泣曰："陛下赐臣诗，当勒之于石，与臣朽骨同葬泉下。"太宗闻其言，亦为之动容。君臣各散。赵普至中书省辞僚属宋琪等，因道主上之恩，不胜感慕。琪曰："主上以公极知之爱而有眷恋之情，此去不久当复召也。"普取出御诗涕泣曰："此生余年，无由上报，惟愿来世得效犬马之力。"琪慰抚甚至，送之而出。普径赴武胜不题。

翌日太宗设朝，群臣朝见。帝谓宰相曰："普有功国家，朕昔与游，今齿发衰谢，不欲劳以庶务，择善地而处之，因赐诗以道其意。普感激泣下，朕亦为之堕泪。"宋琪对曰："昨日普至中书省与臣道及陛下之恩，且言来生愿效犬马之力。今复闻陛下宣谕，君臣始终可谓两全。"帝然之，以宋琪、李昉知平章事，李穆、吕蒙正、李至参知政事，张齐贤、王沔同佥署枢密院事，寇准为枢密直学士。琪等拜受命而退。

是岁改元为雍熙元年。冬十月，太宗想起华山隐士陈抟。抟，亳州真源人，尝举唐长兴中进士不第，遂不复官禄，以山水为乐，因服气辟谷，日饮数杯而已。历二十余年，乃隐华山云台观。每寝处多百余日不起，故俗人有大睡三千，小睡八百之语。先是抟乘驴过天津桥，闻太祖克汴，乃大笑堕驴曰："天下自此太平矣！"至是太宗遣使召之赴京，陈抟得诏，随使朝见，太宗待之甚厚，谓宰臣曰："抟独善其身，不干势利，所谓方外之士也。"乃遣中使送抟至中书省。宋琪等延接殷勤，坐中从容问曰："先生学得玄默修养之道，亦可以教人乎？"抟笑曰："小道山野之人，于时无用，亦不知神仙炼丹之事，吐纳养生之理，非有方术可传。假令白日升天，亦何益于世？今立上龙颜秀异，有天人之表；博达古今，深究治乱，真有道仁圣之主也。正是君臣协心同德，兴化致治之秋，勤行修炼，无出于此。"琪深服其言。次日奏对，以陈抟所言上陈。太宗诏赐号希夷先生，亲书"华山石室"四字赠之，放还华山。抟再拜受命，即日辞帝而出，自回华山不题。

却说太宗以边境宁静，与臣民同享太平之盛，因下诏赐京师百姓饮酒三日。其诏曰：

王者赐酺推恩，与众共乐，所以表升平之盛事，契亿兆之欢心。累朝以来，此事久废，盖逢多故，莫举旧章。今四海会同，万民康泰，严禋始毕，庆泽均行，宜令士庶共庆休明，可赐酺三日。

诏旨既下，京师士民无不欢跃。至期，太宗亲自与群臣登丹凤楼，观士民乐饮。自楼前至朱雀门，设音乐，作山东旱船，往来御苑。至开封诸县及诸军，乐人排列于通路。音乐齐奏，观者满城，富贵无比。后人有诗断曰：

烽火烟消镇节安，君臣作乐夜深阑。
幽辽未下中原患，忘却当年保治难。

时雍熙二年春二月也。次日，太宗宴群臣于后苑，召宰相近臣赐酒赏花，谓之曰："春气暄和，品物畅茂，四方无事，朕以天下之乐为乐，宜令侍宴词臣，赋诗赏花。"玉音既下，一人进曰："小臣不才，愿承命赋诗。"乃平章事宋琪也，即展花笺，援笔立书七言八句以进。其诗曰：

圣主飞龙俗美淳，乾坤总是一般春。
四方风泽被休教，万国怀来慕至仁。
浩浩舜恩邦尽载，巍巍汤惠仕皆亲。
微臣有愧无能补，鼓舞升平沐化新。

太宗览诗大悦，命取玉觞赐酒。李昉继进一首曰：

侍班上圣拟旒疏，融煦昭然德意孚。
饱暖四方咸底定，供输百姓自无虞。
仰风琛贡来蛮貊，被泽讴歌沸道途。
际遇太平何以报，凤麟为瑞有珍符。

参知政事吕蒙正亦进一律曰：

恩敷喜动万方民，御极龙飞际圣人。
圣治及将休运启，嘉祥日遂好音频。
均沾有域皆怀德，一视无邦不遂臣。
盛世愿赓儒馆颂，德音荣对玉墀春。

帝览罢三诗，乃曰："宋平章之诗，词语优游，太平气象也；李昉诗清丽可爱；吕蒙正诗品格清高，忠勤度量，皆可为法。然视宋平章气魄绝伦，自与二人不同。"因令中官，将三人之诗勒于赏花亭下，以记君臣共乐之盛。中官承命而出。

太宗又曰："国家虽值暂安，而武事不可怠荒。辽、蓟未平，朕日夕为忧。当令在席武臣及诸王，各务走马射箭，以较武艺。"宋琪曰："陛下所虑甚远，诚社稷之福也。"帝即命军校于后园隙地立起箭垛，以百步为界。武官分为两队，诸王穿红，将帅穿绿。诏旨既下，各带雕弓长箭，跨鞍立马听候。帝传令曰："能有射中红心者，赏其骏马锦袍；射不中者，降出藩镇调用。"道声未罢，红袍队里一人骤马持弓而出，众视之，乃秦王廷美也。勒动其骑，弯弓架箭，指定红心发矢，正中其处，看者暗暗称奇。廷美射中红心，竟跳下马于太宗御前请命，太宗喜曰："吾侄技擅穿杨，真可御武。"遂赐袍马。廷美谢恩而退。忽穿绿班中一将涌身而出曰："小将愿试一箭。"视之乃是大将曹彬。纵骑开弓，拈弦架箭，一矢正透红心，观者无不欣羡。曹彬亦下马拜伏于御前，太宗深加抚劳，赐袍马而退。是日君臣尽欢而散。

秦王等既出后苑，暮过楚王元佐门首。元佐帝长子，少聪警，貌类帝，帝钟爱之。后发狂疾，时以新瘥不豫，闻乐声透于堂中，王问左右曰："是谁夜过府门，而乐音透彻？"左右曰："今日圣上宴诸王武臣于后苑，皆较射为乐，适秦王射胜，赏赉马、袍而出，经过门首，送从之乐音也。”元佐怒曰：“他人皆侍上宴赏，我独不在，是弃我也。”因发愤饮酒，至夜深放火焚其宫室，城中大惊，官军一时赴救不灭。可惜雕梁画栋，绣阁琼楼，尽成灰烬。次日太宗知其由，下诏废元佐为庶人，迁于均州安置。旨令既下，元佐惭悔无及，带从人径赴均州不题。

第十五回　曹彬部兵征大辽　怀德战死岐沟关

却说耶律休哥等以宋师既退，欲报遂城之耻，未得机会，每遣人入汴京缉探，回报中国日以赏玩为乐，君臣酣饮之事。休哥闻此消息，入奏萧后曰："臣以出师未得其利，致败衄之罪，诚该万死。且臣职在戎伍，近闻中国君臣纵逸欲之乐，不修国政。今将部兵直捣汴京，定其疆界，庶报前日之耻。"后闻奏，乃曰："卿连年出师不利而还，宋之天下未可即图，须徐议进取。"耶律沙奏曰："所难得者机会，易失者时日，正当乘其中国无备，一举可以成功。"萧后见众臣意向，乃下旨以耶律休哥为监军，耶律沙为先锋，其下将士，各听调遣。休哥得旨，即日辞萧后，率精兵十万，由朔、云等州征进。消息传入汴京，太宗闻知怒曰："丑羯奴恣生边衅，朕当亲征之。"因下诏示知。宋琪等奏曰："辽众犯逆，帅臣云集，何劳陛下亲冒矢石，以损威重乎！只须遣大将御之足矣。"帝意未决，张齐贤亦力陈："若使车驾再动，则百姓劳苦，乞陛下念之。"帝允奏，乃以曹彬为幽州道行管前马步军水陆都部署，以招讨使潘仁美、呼延赞、高怀德副之，率兵十五万，征讨大辽。

曹彬等得命，分遣诸将，克日入辞太宗。太宗谓曰："潘仁美但先趋云、朔，卿等以十万众声言取幽州，且宜持重缓行，不可贪利。彼闻大兵至，必悉众以救范阳，不暇援山后矣。"彬等受命而退。大军离汴京，潘仁美、杨业、高怀德率兵三万出寰州征进；曹彬、呼延赞由新城进发。正值暮春天气，但见：路上残花随马足，中原飞絮点春衫。

且说曹彬部大众来到新城五十里下寨，守新城辽将贺斯听得宋兵来到，即引骑出城迎敌。两阵对圆，曹彬盔甲整齐，精神抖擞，立于门旗之下，谓辽将曰："吾主仁明英武，统一天下，何不速降，以图富贵。"贺斯怒曰："汝无故领兵入吾境，赢得手中刀，即便投降。"彬顾谓诸将曰："谁去擒此贼？"一将应声而出，乃呼延赞也。挺枪跃马，直取贺斯，贺斯纵骑舞刀来迎。两下呐喊，二将战上三十余合。贺斯力怯，拨回马便走，呼延赞奋勇追上前去，兜背一枪，刺落马下，辽兵遂溃。曹彬驱动后军，乘势取了新城。次日兵进飞狐岭，守将吕行德知宋兵已到，与招安使大鹏翼等计议曰："宋军势大，难以迎敌，不如解甲归降，庶免军士之苦。"鹏翼等曰："宋兵远来，必然疲乏，正好破之，如何便思屈膝。"遂率所部兵马迎敌。远见宋兵漫川塞野而进，鹏翼令军士围住阵脚，当先出马，大骂"宋军贪心无厌，深入我境，杀得汝片甲不回"。宋阵中呼延赞挺枪出战，大鹏翼抡斧来迎，两马相交，战上五十余合，赞乃佯输走入阵中，鹏翼骤马赶来，赞冷眼窥其渐近，大喝一声，鹏翼措手不及，被赞捉于马上，宋师涌进，贼兵降者无数。曹彬将鹏翼斩于城下号令。

次日，吕行德举关迎降，宋师又下飞狐。长驱进于灵丘。守灵丘辽将胡达引兵迎战，宋将呼延赞跃马厉声出曰："来将速下马投降，免受诛戮。不然视前日为例。"达怒曰："猖狂匹夫，擒汝以献吾主。"即抡刀直冲宋阵。呼延赞举枪交锋，二将战上一百回合，不分胜负。赞思此贼勇力过人，须以智取，即勒回马绕阵而走，胡达拍马追之，转过时，赞按下长枪，掣出金鞭，敌将追骑刚到，呼延赞睁睛举鞭劈脑一声响，胡达一命悠悠死于鞭下。曹彬驱军掩击，贼兵大败，遂袭了灵丘，得其降卒五千人，牛马辎重无算。曹彬谓赞曰："近来之战，将军功绩居多，吾固不及也。"赞曰："皆出元帅之妙算，小将何功之有！"彬大服其量，因遣人报捷于太宗。太宗惊曰："彼安得进兵如是之速耶？"乃遣使诣灵丘，令彬待仁美之众一同进兵，庶能克敌。曹彬得旨，正在沉吟之间，忽报潘招讨大军已出雄州，特来与元帅相会。彬大喜，即遣军骑迎候。

翌日，仁美来到灵丘，入见曹彬，道知已克寰、朔等州，降其刺史赵彦章、节度副使赵希贤等十数人。彬曰："此皆出于招讨制胜之功。且主上有旨，候在齐发，今当整兵前进。"仁美然其言，即日领军望涿州而行。

却说耶律休哥等兵屯云州，听得宋师已进涿州，下令众军急进，于涿州城南下寨，与宋营只去五里之地。休哥召耶律沙入谓曰："宋师深入吾地，势必跋涉，汝引兵二万屯于城南，坚壁而守，候其用力稍竭，出劲兵袭之。”耶律沙依令去了。休哥又谓华胜曰：“汝以步兵一万屯灵丘险处，设伏于林中，以绝宋之粮道。”华胜亦领计而行。休哥分遣已定，夜则令其轻骑入宋营掠其单弱，昼则以精锐张其声势。

是时曹彬督诸将于城下搦战，辽兵按营不出。宋师望见辽师精锐，不敢轻进，夜间不胜其扰。一连驻了十数日，军中粮饷不继，遣人打探，回报曰：“近日粮草屡被辽兵所掠，不能前进。”曹彬大惊，与仁美等议曰：“吾众深入敌境，粮饷不继，倘被辽师得知，出兵来袭，是自取其败也。不如撤围退雄州，以待军饷充足，再议进取。”仁美然其言，即下令将军马退入雄州，遣人入汴京奏知，以援馈饷。太宗闻奏大惊曰：“岂有敌在前反退军以援刍粮，失策之甚也。”急遣使止曹彬等引兵沿白沟河而进。使者得命，径诣雄州，见彬传示敕命。彬等闻命，与诸将商议进兵，潘仁美曰：“贼势方锐，且地理不熟，莫若据雄州待之为上计也。”高怀德进曰：“若逗留不行，使敌人知吾粮尽，乘虚来袭，反为失计。不如先声而进，或可得志。”彬见众论纷纷，不得已乃下令军士各裹粮带食而进。将近涿州，耶律休哥听得宋师骤至，令人道知耶律沙等乘虚出兵，又遣耶律呐部兵一万，埋伏巢林待敌。休哥分遣已定，自与耶律奚底引劲卒出岐沟关迎战。将近日午，宋师行了一日一夜，且兼暑月，人马饥渴，却遇耶律休哥军马一齐排开，威势甚壮，宋师颇有惧怯。南将高怀德首先出马，大骂辽将速降，饶你一死。耶律奚底激怒，纵骑舞斧直取高怀德，怀德举枪来战，两马相交，战将五合，奚底拨马便走，怀德引骑追之，曹彬催动中军而进，耶律休哥接住交锋，且战且走。宋师已入关口，忽巢林一声炮响，耶律呐伏兵齐起，将宋师冲作两截。曹彬大惊，跑马便回，番兵万弩竞发，彬所坐马已中流矢而倒。正在危急之际，呼延赞一骑冲到，急叫曰：“主将可随我杀出。”赞在前，彬在后，拼死杀透重围。时耶律沙之兵抄入潘仁美阵后，将仁美围在核心，高怀亮力战不退。赞保彬走回本阵，见南方杀气连天，谓彬曰：“必是宋师遭围，吾往救之。”即勒马而进，正遇仁美头盔尽落，徒步而来，赞杀散追兵，保仁美而回。怀亮与耶律沙大战，后面无接应军马，被耶律沙赶到关口，一刀斩之。

比及高怀德冲围来救，耶律休哥挥动辽兵追杀，怀德血染袍铠，从骑丧折殆尽；耶律呐部兵又到，箭如飞蝗，怀德臂中巨弩，拔矢洒血复战，手斩番兵数十，见势危迫，料不能退，乃思曰："吾为中国大将，莫被敌兵所辱。"遂马上自刎而亡。可怜高怀德兄弟二人，竟死于难。静轩读史至此，有诗叹曰：

血战当年报主忠，斩坚入阵几千重。

英雄功绩今何在，回首沉吟夕照中。

高氏兄弟阵亡之后，耶律休哥等合兵一处，乘势追赶。又值暑雨暴下，宋师无复行伍。呼延赞保着曹彬、潘仁美等走到马河，闻后军报道高怀德兄弟二人俱战死阵中，彬等不胜哀感。忽听战炮连天，耶律休哥追兵杀来，曹彬不敢停留，连夜渡河而走。辽兵已追及，杀死及溺河中者不计其数。休哥等以宋师已渡河而去，乃收军还营。次日河中浮尸蔽满，水亦为之不流；岐沟关下委弃盔甲辎重，积如丘山。

曹彬等退保新城，计点将士，折去六万余人，遣人入汴，上表请罪。太宗闻奏大惊曰："此是寡人虑事不周之过矣。"即下诏遣使召曹彬等班师。使臣领旨到新城宣知。曹彬等得旨，以副将朱信守新城，自与大队回汴京，朝见太宗，伏于阶下。太宗慰之曰："不知地势，遭贼兵所算，卿等今后当以是为戒。"彬谢恩而退。帝下诏令呼延赞屯定州，田重进屯灵丘，以防辽兵再入。赞等领命而去，不在话下。

曹彬以出师无功，闷闷不悦，因上表力辞兵柄。太宗允奏，乃降彬为房州刺史。又追念高怀德之功，官其二子高麟、高凤为代州团练使之职。曹彬既受命，即日赴房州而去。自是闭门读书，不与人事相接。

却说耶律休哥大胜宋师，遣人报捷于萧后，且请欲举兵南下。萧后得报大悦，因遣使诣涿州止之曰："须候秋高马肥，然后进兵。"休哥等得旨，乃按兵不动。边报传入京师，已知辽兵留镇云州，将为再寇之计。太宗得报，与群臣商议拒御之策。八王进曰："辽兵势颇猖獗，陛下只须敕边将修理战具，随机剿捕，使敌人疲于奔命，边患自息矣。"太宗然之，即下诏传谕近边帅臣不题。

一日，太宗坐朝元殿，与侍臣议曰：“先帝在日，于五台山许一香愿未酬。临崩之时，嘱朕亲往还之，今值国事稍息，将备法驾一行，卿等当为朕料理。”玉音既下，寇准出奏曰：“先帝虽有此命，然事当急其本而缓其末。近来中国与辽兵战斗，连年兵马不宁，且五台山实乃辽之限界，耶律休哥拥重兵在云、朔等州，倘陛下车驾一动，敌人窥知，张势来阻我众，那时谁为陛下计哉？宁可迟缓数年，候在边境安息之时，还之未晚，此时决不可行也。”太宗半晌未应，潘仁美奏曰：“臣举一人保陛下前往，万无一失。”太宗问所举是谁，仁美曰：“代州刺史杨业长子杨渊平，此人文武兼全，敌人畏惧，若护车驾而行，犹如泰山之安。”太宗大悦，即下诏以杨渊平为护驾大将军，带禁军二万，前往五台山。渊平得旨，准备戎伍俟候。不日太宗车驾离汴京，三军迤逦望太原进发。时值初秋天气，但见：落叶萧萧风乍冷，雁声悲切客情多。不知后事如何？且听下回分解。

第十六回　太宗驾幸五台山　渊平战死幽州城

宋太宗雍熙四年丁亥岁起至淳化二年辛卯岁止，凡五年。

却说太宗车驾既离汴京，一路行来，看看望见五台山不远，寺僧智聪长老率众迎接于龙津驿。车驾来到寺门外，引班官迎太宗进入方丈中，龙椅坐定，文武列于两班。帝因下命，着司仪官赍过香礼，与寺僧摆列于佛案前齐备。群臣随帝诣佛殿中，寺僧敲动钟鼓，太宗躬下拜祷曰："朕以此来，一者为先帝之愿，今特来偿还；二者为生民臻太平之福，仰仗洪慈；三者仍愿皇图巩固，四海清宁。"帝祝罢，主典僧读诰文毕，是夕太宗宿斋于元和宫。

次日，众臣奏曰："陛下香愿既酬，车驾当即还京，恐有细作不便。"太宗曰："朕深居九重，难得来此，与卿等暂留一日而行。"众臣再不敢奏。上因令寺僧引路，邀侍臣步出寺外，观望景致。果见一座好山，前控幽州，后接太原，端然限界中耸出一奇峰，层峦叠翠，万峰在目。有诗为证：

拥翠拖蓝叠秀奇，岿然势下别华夷。
分明指处尖峰顶，缥缈云霞接汉齐。

太宗看之不足，因指前一望之地问曰："野草连天，却是何处？"潘仁美奏曰："此幽州也，古来建都之地，最是好光景。"太宗曰："朕当与文武诸臣前去游玩一回。"八王急奏曰："幽州乃辽主萧后所居之地，陛下若往，是自投机阱也。速宜整车驾还京，免遭耻辱。"太宗曰："昔者唐太宗平定辽东，未尝不亲临战阵。今朕有千军万马在此，岂惧萧后哉！汝众臣但随朕去无虑。"八王再不敢谏。即日车驾离五台山，前至邠阳地面，忽见旌旗蔽日，尘雾遮天，哨报前有番兵拦路。太宗问谁可去探视，一人应声而出，身长七尺，威风凛凛，乃保驾将军杨渊平也。奏曰："臣前去擒取阻兵。"太宗允旨，渊平率军马杀奔前来。番阵旗门开处，一员辽将生得面如黑铁，眼若流星，使一柄大杆刀，跨一匹赤鬃马，乃耶律奇，高叫："宋人好好退去，饶汝一死。不然自取擒戮矣！"渊平怒曰："蠢尔番蛮，尚不缩头远避，敢来阻驾寻死耶！"即提枪跃马直取番将，番将舞刀来迎。两下呐喊震天，二将战做一块。耶律奇力怯，拨马便走，宋兵乘势赶入，番兵大乱，自相践踏，死者无数。渊平追去五里，回见太宗，奏知杀败番兵之事。太宗大悦，车驾遂进郃阳驻扎。

耶律奇收残军入幽州，奏知萧后：今有宋帝车驾驻在郃阳，臣被杀败而回。萧后大惊，因问帝驾何以来此。近臣奏道："前日在五台山还愿，便来游玩。"后曰："往者众臣尚要兴师代宋，今有此机会，何不出去擒之。"言未毕，天庆王耶律尚奏曰："臣愿部兵前往擒取宋帝以献。"后曰："更得一人助卿为上。"马鞑令公韩延寿进曰："臣愿同往。"后大悦，即与骑军一万前去。耶律尚即日步军出幽州，前抵郃阳城下。围城四匝，水泄不通。太宗车驾困在郃阳，深自悔恨。因令杨渊平出兵退之。渊平奏曰："辽众初至，其势甚锐，若即与交锋，必不能胜。须停数日，一战可退。"太宗允奏。

是时耶律尚亲督番兵于城下紧攻，喊声雷动，城中震骇，太宗登敌楼观望，只见四下番兵，乌屯云集，连营数里攻击，谓侍臣曰："番兵甚众，如何脱离此处？"潘仁美奏曰："陛下勿忧，今有杨业屯坚兵于代州，与幽州连境地方，得一人前往谕救，必能退敌。"太宗问曰："谁可往代州谕救于杨业？"渊平应声而出曰："臣当一往。"太宗即付与敕旨，渊平密藏，披挂上马，开东门杀出，正遇番将刘弼拦住，渊平更不打话，奋怒一枪，刘弼翻鞍落马。渊平乘势杀出重围，投代州来见父亲，将敕旨进上，道知圣上被围郃阳，四面皆是番兵，父亲当尽引代州之众前去救驾。令公得旨，遂发兵起行，父子八人离了代州，望郃阳而集。哨马报入番营，告知天庆王，天庆王集诸将议曰："杨业乃劲敌也，此来救驾，父子必将死战，我众人谁敢抵当。不如以军马撤退，放他入城，然后复兵围之，不消一月，将他君臣尽困死于城中。"众然其计，乃下令将军马撤围退离五里之地。哨骑报入杨业军中，杨业闻此消息，乃曰："番人不战而退，必有谋矣，我众人且入城见驾，徐图脱离之计。"渊平曰："大人所见极明。"即整军马入城朝见太宗，太宗大喜曰："不是卿来赴援，敌人安肯退去。朕闻卿名得辽人所畏，信不诬矣！"业奏曰："番人夷狄之性，意不可测，此去必将复兵来围，望陛下即整车驾，臣父子拼死杀出。"太宗曰："朕明日准定回驾。"语声未绝，忽报番兵长驱而来，仍旧围了城郭。太宗惊曰："不出卿之所料。"业奏曰："番兵甚众，车驾难以轻出。待臣审视敌人声势，然后定计破之。"太宗曰："卿当尽心筹度。"业承命而退。

次日杨业率众子登敌楼观望，见番兵八面分屯齐备，军马雄伟。令公叹曰："若此坚兵，吾父子虽能杀得出去，如何能保众文臣无伤？纵使诸葛复生，不能施其计矣！"渊平曰："终不然束手于此而待毙耶！"令公曰："计策虽有，只是难得尽忠之人耳。"渊平笑曰："大人往日常言要以死报宋君，今吾父子自到中国之后，主上设极富贵之第宅相待，思无以报德，今遇患难，若有计可施，不肖情愿舍死向前。"令公喜曰："汝若肯成吾计，可保君臣无虞，我明日奏知主上，即便施行。"渊平全无难色，凛凛然下了敌楼。

翌日，令公朝见太宗奏曰："臣昨观敌兵甚是利锐，陛下若要脱此灾厄，除非学汉朝纪信救高祖离荥阳之计，诈献降书与番人，在西门迎受，臣保车驾与侍官从东门而出，则可保矣。"太宗曰："此计虽妙，谁肯学纪信所为乎？"令公曰："臣长子渊平愿承此计，乞陛下急作降表，遣人通知番营，若更迟缓，恐事有泄漏不便。"太宗听罢恻然曰："朕以汝父子入中国未沾大恩，今日何忍损卿之至亲以救孤，非仁者之所为也。"渊平进曰："事已急促，若待城破之日，玉石俱焚，虽留臣之父子，亦无益于事。今若救得陛下出此重围，留万代之名，是臣子当行之事也，何惜焉！"语未毕，守城军来报，南门渐崩，番人将攀堞而上。渊平曰："陛下快脱下御袍，臣父与六郎延昭、七郎延嗣保车驾出东门；小臣与弟二郎延定、三郎延辉、四郎延朗、五郎延德出西门诈降。不然君臣难保。"太宗不得已，卸下御袍，龙车、法驾之具尽付渊平，先遣人赍降书前去。番将天庆王接得宋帝降文，与众人商议，韩延寿曰："宋人遭困出降，此事必实然不过，与其讲和放回，宁有加害之理，亦请回书与使者复命。"

次日，宋军于城西插起降旗，番众遂远离一望之地，等待宋君出城。太宗急同文武率轻骑出东门,望汴京而走。于是渊平端坐车上,黄旗六面,前遮后拥,隐隐而出。番将天庆王率众将戎伍齐备,于城西旗下高叫:既中国天子情愿纳降,请出车驾相见,决无伤害之意。渊平在车中听得,令左右揭起罗幔,见番王坐于马上,傍若无人,怒曰:"不诛此贼奴,何以雪吾耻也?"即拈弓搭箭,指定项下射去,一声响处,天庆王应弦而倒。正是:一时主将成何事,顷刻翻为箭下亡。

渊平既射死番王,闪出驾外,厉声叫曰:"吾乃杨令公之子渊平是也,有勇者来战。"番兵大惊,激怒了韩延寿,下令番兵齐起捉此匹夫,即挺枪跃马直杀过宋阵,渊平鞍马未备,迎敌不及,被延寿一枪刺落车下。延定正待来救,耶律奇拍马而出,二将交锋,延定虽勇,部下先溃,被番兵争前拥进,砍断马足,掀翻战场,千军乱蹂而死。延辉见势不利,冲出重围而走,不上一里,芦苇草内,长钩套索一齐并起,先把延辉坐马绊倒,延辉身离雕鞍,已遭番兵所屠。延朗知兄被伤,慌忙杀出。背后韩延寿、耶律奇精兵皆至,四下围绕,延朗冲突不透,遂被北众所获,部下骑军战死殆尽。

第十七回　宋太宗议征北番　柴太郡奏保杨业

时杨延德冲出围中,后面喊声不绝,回望番兵乘虚赶来,延德转过林边,自思当日在五台山,智聪禅师独遗小匣与我,分付遇难则开,今日何不视之。即怀中取出揭开,乃剃刀一把,度牒半纸。延德会其意,遂将阔斧去柄,纳于怀中,卸下战袍、头盔,挂于树上,截短头发,轻身走往五台山去了。

却说番兵东冲西击,杀至黄昏,始知宋君从东门而去,已离二百里程途矣。韩延寿等懊悔无及,乃收军还幽州,奏知萧后:宋帝用诈降之计遁出东门,止杀宋将三员,又生擒一将,大获全胜而回。萧后大喜曰:“既胜得杨家将帅,宋人已自丧胆,再议征取未迟。”因令解过捉将,问曰:“汝宋朝主将,现居何职?”延朗挺身不屈,厉声应曰:“误遭汝所擒,今日惟有一死,何多问为?”后怒曰:“罕见杀汝一人耶!”即令军校押出。延朗全无惧色,顾曰:“大丈夫谁怕死,要杀便请开刀,何须怒起!”言罢,慨然就诛。萧后见其言语激厉,人物丰雅,心中甚不忍,谓萧天左曰:“吾欲饶此人,将琼娥公主招为驸马,卿意以为何如?”天左曰:“招降乃盛德之事,有何不可。”后曰:“只恐其不从耳。”天左曰:“若以诚意待他,无有不允。”后乃令天左传旨告知延朗。延朗沉思半晌,自忖道:“吾本被俘,纵就死亦无益于事,不如应承之,留在他国,或知此处动静,徐图报仇,岂不是机会乎?”乃曰:“既娘娘赦我不死,幸矣!何敢当匹配哉?”天左曰:“吾主以公人物仪表,故有是议,何故辞焉?”直以延朗肯允奏知。后遂令解其缚,问取姓名,延朗暗忖杨氏乃辽人所忌,即隐名冒奏曰:“臣姓木名易,现居代州教练使之职。”后大喜,令择吉日,备衣冠与木易成亲不题。

却说太宗既回汴京,文武朝见毕。太宗宣杨业于便殿慰劳之曰:“朕脱此难,皆卿父子之力也。然不知渊平等消息如何?”业奏曰:“臣长子性刚不屈,必遭其擒。”言未毕,近臣奏曰:“渊平因射死番帅天庆王,全军皆没。”太宗闻奏惊叹曰:“使良将陷于死地,寡人之过也。”因而下泪。杨业曰:“臣曾有誓,当以死报陛下,今数子虽丧于兵革,皆分定也,陛下不必深忧。”太宗抚谕再三,乃遣杨业退出。次日设朝,与文武商议报杨业父子之功,潘仁美奏曰:“边境多事,杨业父子忠勤之将,陛下宜授帅臣之任,以显其才。”太宗允奏,即封业为雄州防御使,业将辞行,帝出殿面谕之曰:“卿此行但为朕专备边事,有召则至,无旨不宜轻离。”业顿首受命而出,到无佞府吩咐八娘、九妹,好生看待母亲,自与六郎父子三人复赴邠州不题。

话分两头。却说耶律休哥等听知宋兵杀败于邠阳,屡遣人奏知萧后,宜乘时进兵以图中原。萧后因与群臣商议征伐之策。右相萧挞懒奏曰:“臣虽不才,愿率兵进取。”萧后曰:“卿此去先问讨取金明池、饮马井、中原旬此三处与我屯军。若允,暂且回兵,不允则举兵有名矣。”挞懒领旨,即日与大将韩延寿、耶律斜轸部兵二万,从瓜州南下。但见:旌旗闪闪乾坤暗,戈戟层层白日昏。人马到胡燕原下寨。声息传入汴京,侍臣奏知太宗。太宗怒曰:“辽兵累次犯边,朕当御驾亲征,以雪邠阳之耻。”寇准奏曰:“陛下车驾才回,岂宜轻出,只须遣将御之,足退其众也。”太宗曰:“谁可代朕行者?”准曰:“太师潘仁美素知边情,可当此任。”太宗允奏,即下旨令授仁美招讨使之职,部兵前御番兵。仁美得旨,回至府中不悦,其子潘章问曰:“大人何故不悦?”仁美曰:“主上有防御番兵之命,圣旨又不敢辞,即去亦无妨,只是没有先锋,因此迟疑不决。”章曰:“先锋在眼前,大人何不举之?”仁美曰:“汝道是谁?”章曰:“雄州杨业父子可充先锋。”仁美悦曰:“汝若不言,吾几忘之矣!”次日侵早入朝启奏太宗曰:“此行缺少先锋,必须雄州召回杨业父子,则可破番兵矣。”太宗允奏,因遣使臣径诣雄州来见杨业,宣读诏曰:

> 朕以国运艰难,乃忠臣义士立功之秋。近日边报北番大举入寇,军民惊扰,诏命潘仁美为行营招讨使防御之。惟汝杨业,辽人所仰,是宜充行。朕命到日,作急赴阙,计议征进,不得稽延误事。故兹诏示。

杨业得旨,即日率兵就道,入汴京朝见太宗。太宗赐赉甚厚,乃封为行营都统先锋之职。业受命而出,回府中见令婆。正值令婆与太郡柴夫人在堂中闲遣,令公相见毕,令婆曰:“老将军因何回朝?”业曰:“北番犯边,主上有诏来取,任老将为先锋之职,克日征进,特来见夫人一面。”令婆曰:“谁为主帅?”令公曰:“潘仁美也。”令婆愀然不悦曰:“此人昔在河东,被公羞辱,常欲加害于公父子,幸主上神明,彼不能施其谋耳。今号令在其掌握,况长子五人已各凋零,只有汝三人在,此去难保无相害之意,令公何不省焉?”业曰:“此事吾所素知,主上之命,宁敢有违。”太郡曰:“媳明日亲为具奏,求一朝臣保令公而行,彼则不敢生谋矣。”令婆曰:“我与太郡同往。”令公大悦,因具酒食相叙。过了一宵,次日杨令婆与太郡夫人赴朝,近臣先为奏知,太宗降阶迎接。何为君王若是尊敬令婆?因她手上拿一龙头拐杖,上挂一小牌,御书八个字:“虽无銮驾,如朕亲行”,是太祖皇帝遗敕所赐,以此敬重之也。太宗接上殿前,命侍官赐二人绣椅坐定,问曰:“朕未有命,令婆与郡夫人趋朝,欲建何议?”太郡先起奏曰:“闻陛下命将防御番兵,主帅潘仁美素与杨先锋不睦,此行恐非其利,须念其父子忠勤于国,陛下当善遇之。”太宗曰:“此王事也,他人则不可行,太郡有何良策?”太郡曰:“陛下若准其行,须于廷臣中举有名望者,保之同往,则无虑矣。”太宗曰:“此议甚高。”遂下诏令文武举择谁可保杨业出征者。诏命才下,八王进曰:“臣举一人,可保同往。”帝问是谁,八王曰:“行营都总管呼延赞,此人忠义一心,可为保官。”帝大悦曰:“卿此举甚称其职。”即日下命,着呼延赞保杨业一同出师。令婆与太郡辞帝而出。

是日朝罢,杨业闻呼延赞为保官,不胜之喜,复往雄州调发所部军马征进。

第十八回　呼延赞大战辽兵　李陵碑杨业死节

且说潘仁美大军已离汴京，迤逦望瓜州进发，来到黄龙隘下寨，分立二大营。呼延赞屯东壁，自屯西壁。仁美乃与牙将刘君其、贺国舅、秦昭庆、米教练四人议曰："我深恨杨业父子，怀恨莫伸，此一回欲尽陷之，不想有保官呼延赞在，又难于施计矣。"米教练进曰："太师勿忧，小将有计，先去了呼延赞，然后除杨家父子，有何难哉！"仁美曰："公有何妙策教我？"米教练曰："对垒即是番兵屯营之所，彼听我军来到，必出索战，太师即下令：先锋未到，当着保官出阵。赞虽雄勇，奈今年纪老迈，不能久战，待他交锋之际，按兵莫救，必被番兵所擒耳。"仁美曰："此计极妙，明日准定行之。"果是番兵听得宋师来到，率所部会合而来，人马雄壮，声势甚威。哨马报入仁美营中，仁美遣人请呼延赞入军中商议曰："番兵长驱索战，先锋军马未到，公有何计退之？"赞曰："兵来将挡，水来土掩。既承主命征进，当尽忠所事，与番兵决战，更何待哉？"仁美曰："公先上阵，我率军后应。"赞慨然请行，披挂完毕，率所部扬旗鼓噪而出。正遇番将萧挞懒出马，赞厉声骂曰："番兵速退，免受屠戮，不然殄灭汝等无遗类矣。"挞懒怒曰："老迈之将，养死且不暇，敢来争锋耶！"即舞刀跃马直取呼延赞，呼延赞举枪迎战。两马相交，二人战上八十余合，番将力怯，拨回马便走。赞骤骑追之，四下番兵散而复聚，赞回头不见后兵接应，恐入深地，乃勒回马走，林中一彪军马截出，乃耶律斜轸，叫曰："宋将下马受缚，免遭诛戮。"赞激怒，奋刺斜轸杀出。番兵甚众，透不得重围。赞部下折伤大半，欲从僻路而走。骑校曰："小路恐有埋伏，不如走大路。"赞乃杀奔大路，萧挞懒复驱兵赶来，赞前后受敌。正在危急之间，忽正东旌旗卷起，鼓声震天，一彪军马当先杀出来，乃杨业也。策马提刀，大叫番将休走，挞懒部将贺云龙纵马迎敌，战不数合，杨业手起刀落，斩云龙于马下。番兵大溃，杨业父子冲入中间救出呼延赞。杨延昭挺身力战，独当其后，保护赞回至营中，卸下盔甲。赞曰："今日若非将军来救，几至伤命。"业曰："小将来迟，致总管惊恐，望乞恕罪。"赞乃令业屯止本营。

次日，人报太师：杨先锋军马正从东杀来，救了总管呼延赞回营。仁美闻之，愤恨无及。刘君其曰："杨业违令来迟，太师若以军法从事，杀之有名矣。"道未毕，杨业进中军参见，仁美问曰："军情重事，汝何得后期而至？"业曰："主上令小将回雄州调集军马，于十三日起程。"仁美怒曰："番兵寇边至紧，汝为先锋，稽延不进，尚以主命来推。"喝令左右拿下处斩，军校登时将杨业绑缚于辕门。业厉声叫曰："我死不足惜，敌人在境而戮良将，非为国家计也。"道声未罢，时从人已报知东营呼延赞，跑马来到，喝开军校，将绑缚解了，领入帐中见仁美曰："汝居招讨之职，昨日交兵坐观成败，不发一骑相应，若非杨家将奋勇力战，几至败事。今日何得擅自诛之？老将临行，主上亲赐金锏一把与我，专保其父子回京，不然翻转脸皮，先与汝放对。"仁美满面通红，不敢答应。赞邀杨业抽身出帐中，愤怒而去。

仁美自觉羞惭，半晌无言。米教练进曰："太师勿忧，小将另施一计，去了呼延赞，则杨业死在旦夕矣。"仁美曰："公再有何计？"米教练曰："即日军中缺少粮草，可令呼延赞前去催运。待他离了边境，业再犯令，谁复保哉。"仁美然其计，即发帖书，着令呼延总管前往运粮。差人以帖文到东营见赞道知。赞得此消息，闷闷不悦。杨业进曰："军粮实乃重事，非总管去，他人不能当是任也。"赞曰："我非不肯前行，只有一件，潘仁美狼子野心，常有害君之意，恐我去后，以非理害将军，谁能保耶？"杨业曰："小将观番兵亦是劲敌，终待总管到来，然后出战，招讨纵要害我，彼亦无计可施。"赞曰："此去未定几时粮到，君父子坚守东营，待我复来再议出兵。"杨业应诺。赞即日出轻骑五千回汴京催粮去了。后人咏史诗曰：

忠勤王事领征师，何意英雄不遇时。
边境未宁良将折，令人览此重伤悲。

西营潘仁美探知呼延赞已回汴京，不胜之喜，因与众将商议出战。米教练进曰："招讨可发战书于番人，约日交战，徐徐定计。"仁美即遣骑将赍战书出去见番将萧挞懒，萧挞懒得书怒曰："明日准定交锋。"批回来书，与众将议曰："潘仁美不足惧，杨业父子骁勇莫敌，近闻与主帅不睦，正宜乘其隙而图之。离此一望之地有陈家谷，山势高险，得一人部众埋伏两旁，诱敌人进入谷中合围之，必可擒矣。"耶律斜轸应声曰："小将愿往。"挞懒曰："君去必能办事。"斜轸即引骑军七千余人前往。挞懒又唤过耶律奚底曰："汝引马军一万，明日见阵。杨家父子深知战法，须缓缓佯输引入伏中，号炮一起，截住力战。"奚底领计去了。挞懒分遣已定，着骑军前诣宋营缉探动静。

潘仁美已得回书，与刘君其议曰："明日谁当初阵？"君其曰："杨先锋出战，招讨率兵应之。"仁美召业入帐中告曰："番将索战，先锋不宜造次，倘有疏虞，隳君之锐气也。"杨业禀曰："明日是十恶大败日，出军不利，且呼延总管催粮未到，番兵势正锐，须待省机而进，则可成功矣。"仁美怒曰："敌兵临寨，何所抵对？倘总管一月不到，尚待一月耶？今若推延不出，我当申奏朝廷，看汝能逃罪否？"业知事不免，乃曰："番兵此来，奇变莫测，他处平坦之地，不足提防。此去陈家谷，山势峻险，恐有埋伏，招讨当发兵于此截战，小将率所部当中而入，庶或克敌，不然全军难保矣。"仁美曰："汝但行，吾自有兵来应。"杨业既退，贺怀浦进曰："既杨先锋要如此行，招讨可遣将于陈家谷相应，庶不误事。"仁美曰："正无机会，今乘此不发兵应之，看他如何设施。"怀浦曰："招讨若是惟报私仇，不以朝廷为计矣。"仁美不听，起身入帐中去了。怀浦叹曰："竖子几误国事，吾安忍坐视不救。"遂率所部来见杨业曰："公此行得非利乎？"业曰："吾非避死，盖时有不利，徒伤士卒而功不立。今招讨责业以不死，当为诸公先行。"怀浦曰："潘招讨之兵难以指望，小将愿与将军同行，庶得相援。"业曰："当与公左右翼而出。"商议已定。

次日黎明，杨业率二子与贺怀浦列阵于狼牙村，遥见番兵漫山塞野而来，鼓声大震。耶律奚底横大斧出马立于阵前，厉声曰："宋将速降，免动干戈。不然，屠汝等无遗类矣！"杨业激怒骂曰："背逆蠢蛮，死在临头，犹敢拒敌天兵耶！"言罢，舞刀直取奚底，奚底绰斧迎战。两下呐喊，二人战上数合，奚底拨马便走，业骤马追之。杨延昭、贺怀浦催动后军乘势杀入，番兵各弃戈而遁。奚底见杨业赶来，且战且走。杨业以平野之地，料无伏兵，尽力追击，将近陈家谷口，萧挞懒于山城上放起号炮，耶律斜轸埋伏并起，番兵四下围绕而来。杨业只料谷口有宋兵来应，回望不见一骑，大惊，复勒马杀回，已被斜轸截住谷口。番众万弩齐发，矢如雨下，宋军死者不计其数。比及延昭、延嗣二骑拼死冲入，矢石交下，不能得进。耶律奚底回兵冲出东壁，正遇贺怀浦，二骑相交，战不两合，被奚底一斧劈于马下，部众尽被番兵所杀。延昭谓延嗣曰："汝速杀出围中，前往潘招讨处求救，吾杀入谷口保着爹爹。"延嗣奋勇冲出重围而去。

且说延昭望见谷口杀气连天，知是南军被围，怒声如雷，直杀进谷口，正遇番将陈天寿，交马战才一合，将天寿刺落马下，杀散围兵，进入谷中。杨业转战出东壁，遇见延昭来，乃急叫曰："番兵甚众，汝宜急走，不可两遭其擒。"延昭泣曰："儿冲开血路救爹爹出去。"即举枪血战，冲开重围。萧挞懒从旁攻入，将杨业兵断为两处。延昭回望其父未出，复将杀入，部下从军死尽，只得奔往南路以待救兵。

时杨业与番兵鏖战不已，身上血映征袍，因登高而望，见四下皆是劲敌，乃长叹曰："本欲立尺寸功以报国，不期至于此间，吾之存亡未知，若使更被番人所擒，辱莫大焉！"视部下尚有百余人，业谓曰："汝等各有父母妻子，与我俱死无益，可速沿山走回，以报天子。"众泣曰："将军为王事到此，吾辈安忍生还！"遂拥业走出胡原，见一石碑，上刻"李陵碑"三字。业自思曰："汉李陵以不忠于国，安用此为哉！"顾谓众军曰："吾不能保汝等，此处是我报主之所，众人当自为计。"言罢，抛了金盔，连叫数声"皇天皇天，实鉴此心！"遂触碑而死。可惜太原豪杰，今朝一命胡尘。静轩有诗叹曰：

矢尽兵亡战力摧，陈家谷口马难回。

李陵碑下成忠节，千古行人为感哀。

杨业既撞李陵碑而死，番兵喊声杀到，业众力战不屈，尽皆陷没。番将近前枭了首级，日将晚，萧挞懒乃收军还营。

第十九回　瓜州城七郎遭射　胡原谷六使遇救

却说杨延嗣回瓜州行营,见潘仁美泣曰:“吾父被番兵困于陈家谷,望招讨急发兵救之,不然生死决矣!”仁美曰:“汝父子素号无敌,今始交兵,便来取救耶!军马本有,要备我营,难以发遣。”延嗣大惊曰:“吾父子为国家计,招讨何以坐观其败乎?”仁美令左右推出帐外,延嗣立地骂曰:“无端匹夫!使我若得生还,与汝老贼势不两立。”仁美大怒曰:“乳臭竖子,仇恨莫报,今杀伐之权在我,尔竟来寻死路耶!”乃令左右缚于高处射之。军校得令,将延嗣系于舟樯之上,众军齐齐发矢,无一箭能着。仁美惊曰:“真乃奇异,何众人所射皆不能中?”延嗣听得,自思难免,乃曰:“大丈夫临死有何惧哉!只虑父兄存亡未卜。”因教射者:“可将吾目蔽障,射方能中。”众军依言,遂放下,割着眉肉垂蔽其眼,然后射之。可怜杨七郎万箭着身,体无完肤,见者无不哀感。后人有诗叹曰:

万马军前建大功,斩坚入阵见英雄。
如何未遂平生志,反致亡躯乱箭中。

潘仁美既射死杨七郎,令将其尸抛入黄河去了。忽报番兵困住杨业于陈家谷,杨业已死,今枭其首级,杀奔西营来了。仁美大惊曰:“番兵众盛难敌,若不急退,必遭所擒。”即下令拔营起行。刘君其等心胆坠地,连夜走回汴京去。番兵乘势追杀一阵,宋军死者大半,委弃辎重盔甲不计其数。萧挞懒既获全胜,乃屯止蔚州,遣人报捷于萧后不题。

却说杨延昭部下陈林、柴敢,因交兵乱后逃匿于芦林中,直待番兵退去,二人乃沿岸而出。忽见上流头浮下一尸,将近岸边,二人细视之,泣曰:“此是杨七郎小主官,因何遭此乱箭所射?”泣声未止,忽岸侧一骑急跑来到,陈、柴正待走避,骑已近前,乃杨延昭也,因见陈、柴二人,问曰:“汝等为何在此?”陈林曰:“战败避于此处,正欲寻访本官消息,不想见河中浮一尸来,却是七郎君,身上箭无完肤,不知被谁所伤。”六郎下马仰天号泣曰:“吾父子为国尽忠,何为遭此劫数。此必是问仁美取救兵,言语相激,致为老贼所伤。”因令陈、柴捞起尸首,就于岸上埋讫。陈林曰:“本官今日要往何处?”延昭曰:“汝二人可随处且安身,吾密向小路体探我父消息。若只困在谷中,须漏夜入汴京取救。倘有不测,此仇亦当报也。”陈、柴从其言,三人洒泪而别。

只说杨延昭单骑入谷中,至半途遇见二樵夫,问曰:“此是何地名?”樵夫曰:“转过谷之东壁,乃幽州沙漠之地,前去便是胡原。”延昭听罢,轻骑来到其处,见死尸重叠,皆宋军部号。嗟呀良久,近李陵碑边,一将横倒于地,留下腰绦一条,延昭细视之,乃是其父所系也。因抱尸而哭曰:“皇天不佑吾父子,致使丧于兵革,何不幸若是哉!”乃掩泪将所佩剑掘开沙土埋之,上留断戈为记。复勒马出原口,已被番将张黑嗒拦住,高叫曰:“来将何不下马投降,以免一死。”延昭大怒,挺枪直取番将,二人交锋,战上数合,四下番兵围绕而呼。延昭虽勇,寡不敌众。正在危急之间,忽山后一人杀来,手起一斧,劈黑嗒于马下,杀散番兵,下马来见延昭,乃五郎延德也。兄弟相抱而哭。延德曰:“此处贼敌所在,可随我入山中商议。”遂邀六郎至五台山,进方丈中坐定。延昭曰:“自与哥哥幽州散失,一向存亡未审,今日如何在此?”延德曰:“当日爹爹保銮驾出东门,我同众兄弟与番兵鏖战,势已危迫,自为脱身之计,削发投入五台山为僧。日前望见陈家谷杀气连天,人道辽兵交锋,自觉心动,因下山观视,不想恰遇吾弟在急难中。”延昭泣诉七郎与父之事,延德不胜悲悼,乃曰:“至亲之仇,不可不报。”延昭曰:“小弟当于御前雪明父弟之冤。”是夕在寺中过了一宵,次早辞延德自投汴京而行。

消息传入汴京,太宗听知杨业战殁,宋师败衄,急集文武议曰:“杨业父子忠勤于国,今闻其死于王事,朕甚悼焉。”八王进曰:“近有呼延赞回京备办粮草,对臣言主帅潘仁美与杨业不睦,臣便虑其败事,今果然矣。陛下当究仁美丧师之由,与后人知所惩戒。”太宗然其奏,因下诏群臣专究其事。仁美闻此消息,坐卧不安,与刘君其议曰:“今朝廷专要究吾败军之故,人传杨六郎将赴京陈诉其事,倘主上知此情,呼延赞力为之证,我等全族难保矣。”君其曰:“事不宜迟,若待举发,百口无以分诉。乘今六郎未到,可密遣人于黄河渡候之,谋事于外,所谓斩草除根,免得萌芽再发。”仁美从之,即遣心腹军人密往黄河渡等候去了。

却说杨延昭自离五台山,望大路进发,到一山林,忽听数声鼓响,走出二十余人,拦住去路,叫曰:“你若要经过,留下买路钱。”延昭抬头视之,见为首二人,问曰:“来者莫非陈林、柴敢乎?”陈、柴听得,即忙近前拜曰:“原来是本官也。”遂邀六郎入寨中,道知自别本官后,夺得此处安身,不想到此相遇。延昭将父死情由道知,因言要赴京于御前告明主帅不应救兵之由,陈林曰:“喜得本官道出其事,今有潘招讨正防本官告状,特差数十健军于黄河渡待等本官。此另有一处可赴汴京,当着人送本官从小路而去,方保无虞。”延昭听罢,乃曰:“事不偶然,此贼害吾一家,今又来谋我耶!”遂在寨内过了一宵,陈林令手下密送六郎从雄州而去。

话分两头,却说幽州萧后得萧挞懒捷报,决意要图中原。有内官王钦者,本朔州人,自幼入宫侍萧后,为人机巧便佞,番人重之。钦乃密奏曰:“中原一统之地,谋臣勇将不可胜数。区区一战之功,安能便取天下哉。臣有一计,不消一年,使中原竟归陛下,宋人缩首无计矣!”后曰:“卿有何计,若是其妙?”王钦曰:“臣装作南方之人,投为进身之计,若得成事,必知彼处动静、兵数强弱、国之利害,密遣人报知陛下。然后乘其虚困举兵南下,可收万全之功,何患江山不属陛下哉!”后闻钦奏,大悦曰:“若果成事,当以中国重镇封汝。”次日萧后与群臣计议,右相萧天右奏曰:“王钦此计可行,乞陛下允之。”后因下令即行,王钦准备齐整,来辞萧后。萧后看见笑曰:“卿装作南人真无异矣,然此去须宜机密。”王钦曰:“臣自有方略。”即日辞后出燕京,径往雄州而来。

且说杨延昭望雄州进发,时值五月天气,途中炎热,来到绿芜亭歇下行杖,正靠栏干而坐。未片时间,遥见一人来到,头戴黑纱巾,身穿绿罗衣,系一条双鞭黄丝绦,着一双八比青麻鞋,本似儒家装束。

将近亭中，延昭迎而揖曰："先生从何而来？"其人答曰："小可朔州人氏，姓王名钦，字招吉，幼读古书，居于此地。今将入中国求取进身，不想遇见阁下动问，高姓是谁？"延昭不隐，道知本末，且言胸中冤屈之事。招吉听罢愤然曰："既君父子若此忠义，被人谋害，何不于御前诉雪其冤，而乃徒自伤悲耶？"延昭曰："小可正待赴京诉明，只因无人会做御状，以此持疑未决。"招吉曰："此不难事，既足下有此冤枉，小生当罄其所学，为君作之。"延昭下拜曰："君若肯扶持，真乃千里有幸也。"即邀招吉到馆驿中，备酒礼相待，席上延昭诉他平日之事，招吉嗟呀不已，乃问曰："君所陈诉，当以谁为罪首？"延昭曰："招讨潘仁美同部下刘君其、米教练等主谋害我父子，是数人皆难放过。"招吉然其言，乃誊出状稿，递与延昭视之，果是情辞激切，婉转悲悼。延昭视罢喜曰："此足以雪我冤矣！"酒阑，招吉辞延昭而去。延昭曰："当与足下于汴京相会。"招吉应诺。二人既别，延昭将状词写正，明日径赴京都。不知缉探人已将此消息报与潘仁美，仁美大惊，乃召刘君其等商议。君其曰："先发者制人，后发者制于人。不如进一道表章，奏知杨业父子邀功贪战，几败国事，今延昭越伍逃走。圣上闻奏，必先诛之。"仁美曰："此计甚妙。"即日具表奏知朝廷去了。

当日杨延昭来到京师，正值七王元侃行驾出朝，延昭取出御状，拦驾称冤陈告。左右捉住，正待绑缚，七王喝声不许动作，且允其告。侍从即接其状词，七王令带入府中，延昭随车驾入寿王府，伏于阶下。七王将口辞审过一遍，再将御状细细视之，内中词语明切，刀笔精利，叹曰："作此词者，真有忧世之才。"因问此状出谁之手，延昭不敢隐，将王钦来由道知。七王喜曰："孤正要得此人，既他来求进身，当取用之。"又问此人今在何处，延昭曰："寓居汴京东角门龙津驿中。"七王听罢乃曰："汝之冤枉实是国家重事，此处难以决问，可于阙门外击登闻鼓与圣上知之，则可为理矣！当速去，勿被奸人所觉。"延昭接过御状，拜辞七王，径趋阙门外来。七王自遣人于驿中寻取王钦不题。

第二十回　六使汴京告御状　王钦定计图八王

只说杨延昭来到阙边，击动登闻鼓，声言欲面圣上陈告，被守军捉送提狱官，提狱官审问明白，将状奏请太宗。太宗以状展于御案上视曰：

诉冤枉人杨延昭，为毒谋深害，陷没全军，欺君误国事，臣父杨业，生自太原，世仕河东，深荷先帝之垂青，继承皇上之招徕，臣父子心矢贞忠，情甘效死。近因契丹犯境，兵寇瓜州。以潘仁美整防御之师，蒙敕臣父当冲锋之职。此正宵衣旰食之时，边臣尽瘁之日也。不意潘仁美向怀私怨，包藏祸心，用计遣回保官，致书暗挑敌战。逼孤军而临绝险，假皇命以利词锋。狼牙村兵交马即，主帅则宴坐高谈，不发一卒相援。陈家谷矢尽力穷，番将则乌屯云集，遂致全军皆陷。臣父杨业捐躯命于李陵碑下，虽臣节之当然；臣弟延嗣遭乱箭于西壁营中，何私仇之必报？丧师辱国，由其自坏长城；饰罪蒙奸，思维闭塞言路。破巢不留完卵，遣健卒竟阻黄河；剪草不教蔓延，逞巧言章呈魏阙。可怜臣父子八人，忠勤为国，欲图报于陛下，先见陷于帅臣。漂流独自，孤苦无依，击廷鼓以诉冤，乞天恩而明审。若使臣之父兄有灵，致陛下开日月之明，拘证奸人，断省深冤，九泉者得以瞑目，臣即死于九泉地下，无所憾矣。

太宗看罢状情，不胜愤激，忽枢密院牒上潘仁美表章，称道杨业父子邀功失机之由。太宗得奏，沉吟半晌曰："潘仁美以杨业有邀功之罪，杨延昭以仁美有陷害之情，各执一词，孰为轻重？"南台御史黄玉奏曰："阃外之事，任在帅臣。若使号令不行，何以办事？于今杨业父子违令邀功，以致全军皆陷，其罪本有。今被番人所屠，而乃诬告主帅，是罔陛下也。死者则止，当以杨延昭押出朝门，明正其罪斩之。"盖黄玉本潘仁美内兄，故力救之。时八王急出奏曰："杨业父子

有功于朝,先帝尚以不次之位待之,今被奸人所陷,陛下宁不为之雪其情哉？此事臣知久矣,乞拘潘仁美于法司衙着落,有职官与延昭对理,鞫问明白,取自上裁。”太宗依奏,即敕参知政事傅鼎臣鞫问潘仁美一起。鼎臣领旨,遂开衙府,拘到潘仁美、刘君其、秦昭庆、米教练一干人,都在阶下。鼎臣问曰:“潘招讨往日同僚相待,今乃君命也,难以容情。果违法律,明招其由,勿使用动刑法无益。”仁美曰:“小可承君命防御辽兵,彼父子自失机宜,致被陷没,反来诬陷我等。若朝廷不察其详,屈坐帅臣,则后人何敢任是职哉！乞大人明鉴,为申上知。”鼎臣半晌无言,令左右将一干人拘于狱中,退入后堂。忽报潘府黄夫人遣使女说有机密事要见大人,鼎臣令唤进后堂,使女跪在阶下曰:“夫人以太师发问于参政台下,没甚孝顺,薄奉黄金一百两,玉带一条,望大人善觑方便,再得重谢。”鼎臣本是好利之徒,见着此物,不胜欢喜,令左右收起,谓使女曰:“汝归拜上夫人,不需持念,参政自有分晓。”使女拜辞而出。不想八王知得鼎臣好财,恐潘家有人通传关节,乃密遣手下在府门缉探,比见使女进府,走报八王。八王随即来到,恰在府门外捉住使女,提过金锏,入后堂来。鼎臣见着,吓得面如土色,连忙下阶迎接。八王厉声曰:“汝为朝廷显官,何得私受潘府贿赂,要害杨家？”鼎臣曰:“小官并无是情,殿下何以出此言？”八王乃令从人将潘府使女闪剥阶下拷讯,使女抵赖不过,只得实招。八王怒曰:“傅参政尚能强辩乎？”鼎臣哑口无言,自脱去官带,伏于阶下请罪。八王令备马,随即入见太宗,奏知其事。太宗惊曰:“若非卿有恻隐之见,险被奸臣卖弄。”因问鼎臣当拟何罪？八王曰:“私受贿赂,其情尚未行,当得枉法之罪。该拟罢职为民。”太宗允奏,即下旨罢鼎臣官职,发归乡里去了。

八王又奏西台御史李济忠勤公正,可问仁美一起。帝允奏,敕命李济承问施行。李济领旨,开御史台,端坐于堂上。左右军尉威风凛凛,排开刑具之类,见者无不骇然。正是:生死殿前难抵讳,血冤台上不容情。一伏时,狱官解过仁美、延昭等,到阶下审问一遍。仁美力推杨业自被战死,与我等无干。李济怒曰:“汝为主帅,败衄而回,反以彼自家战死抵讳,杨七郎有何罪？汝用乱箭射之。且傅参政因汝送了前程。今日好好招承,免动刑具,不然休怪下官惨酷也。”仁美低头不应。李济喝令军校将刘君其、秦昭庆、米教练一起推于甬道,极刑拷打。三人受苦不过,只得将陷害杨业并射死七郎情由,逐一供出明白。吏司呈上,李济审案录奏,仍将犯人监禁,候旨发落。

李济离了御史台,次日以仁美招由奏知太宗。太宗视毕,大怒曰:“朕以仁美先帝功臣,屡恕容之。今如此侮法,不正其罪,何以激励边将!”因问八王,当何以处治?八王奏曰:“潘仁美该处斩罪,陛下以后妃之故,减二等罢职为民;刘君其、秦昭庆、米教练等得通谋之罪,亦该处死,减一等,调边远充军;杨延昭有失军机,发问配所。其余人犯随旨发落。”太宗允奏,下敕着李济照原拟遣。李济领命,于府将文案复视罢,黜仁美为民,外刘君其问淄州军,秦昭庆问来州军,米教练问密州军,杨延昭配郑州,拟议已定,将刘君其等决杖讫,依期起行,不在话下。后人咏史诗曰:

党恶害人何所益,试看今日配君其。
皇天有眼应无误,只在斯须与报迟。

次日,李济以发遣仁美一起奏知于上,上谓侍臣曰:“往者杨业父子屡建奇功,不期死于王事,朕甚怏怏,欲将恩典旌之,卿等以为何如?”直学士寇准奏曰:“陛下念及功臣,以慰其后,为社稷计也,有何不可。且杨业父子忠勤为国,人臣所难。今只有延昭一人在世,正当厚恤之,使边将知所观感。”太宗然其议,因遣使臣于郑州取还延昭去了。

忽近臣奏知武胜军节度使赵普卒,太宗闻奏震悼,谓群臣曰:“赵普能断大事,尽忠国家,真社稷臣也。”寇准曰:“诚如陛下所言,臣等多不及也。”按赵普素性深沉,刚毅果断,虽多忌克,而能以天下事为己任,故其当揆,惟义是从,偃武修文,慎罚薄敛,以立弘功于后世,其功大矣。少习吏事,寡学术,太祖劝以读书,遂手不释卷。每归私第,阖门启箧,取书诵之竟日,次日临政,处事如流,既卒,家人发箧取书视之,则论语二十篇也。尝谓帝曰:“臣有论语一部,以半部佐太祖定天下,以半部佐陛下致太平。”普相两朝,未尝为子弟求恩泽。卒年七十一岁,后谥文献公,封韩王。

是时宋太宗在位既久，未立东宫，冯极等上疏乞早定太子，帝怒，贬之于岭南。自是中外无复敢言者。七王知此消息，密与心腹王钦议曰："君父春秋已迈，未肯立皇太子。廷臣谏者，遂遭贬黜。莫非因八王之故，欲以天下还之耶？若果有此意，则我失望矣。"钦曰："殿下所言，正合我意。且主上以遗言为重，必将天下还八王无疑。若不预定其事，噬脐无及。"七王曰："君有何策教我？"钦曰："除非谋死八殿下，则大事定矣！"七王曰："八殿下君父至爱，如何谋得？"钦曰："臣有一计，不知殿下肯依否？"七王曰："君试言之。"钦曰："可召精巧匠人入内府来，打造鸳鸯酒壶一把，能贮两样之酒。当遇春景百花盛开，特请八王于后苑赏玩，令庖人进食，侍官斟酒。先将毒酒于外，后放醇酒于中，八王饮之，不消半钟即死于非命矣，有何难哉？"七王听得大喜曰："此计极妙，然事不宜迟，即须行之。"乃遣军尉往城西召胡银匠进府中打造鸳鸯壶，不数日，其工完全。银匠将壶献与七王，七王视之，果是精巧，人不能测。谓王钦曰："器物已造完备，当在何时行之？"钦曰："殿下先将匠人诛之，以灭其口。"七王然之，因赏之醇酒，登时醉倒，七王令左右丢入后苑井中去讫。王钦曰："殿下当发书于八王府中邀请，明日辄行此事。"七王乃遣内官赍书径诣八王府中，进上其书曰：

弟元侃以春光明媚，花柳芳妍，适朝廷优暇之际，与兄连日间阔，乞车驾于后苑赏玩片时，庶慰伊弟之怀，以酬春光之盛。

八王得书，着内官复命，明日准来赴约。内官拜辞，归见七王，道知八殿下许允赴约之故。七王得报，分付庖人厨宰，准备筵宴整齐。

次日八王车驾已到，七王亲出府门迎接，进入堂中坐定，各诉相爱之情。茶罢三钟，二王入后苑来，只听得乐工歌女，丝竹品奏。八王与七王分宾主对席而坐。七王笑曰："兄弟之爱，喜乐相同，难得如此春光，今特与兄少尽一日之欢，以慰平生之念。"八王曰："多蒙雅召，安敢推辞。争奈数日因寒暖失调，腑脏颇觉不安，然而兄弟之情，只得赴命，酒实不敢饮。"七王曰："纵兄不十分饮，且开怀数杯。"一伏时，庖人先进品味。七王令侍官行酒。侍宫提过鸳鸯壶，先斟一金钟进于八王面前。其酒才入金钟，毒气冲逼。八王身子未痊，闻此酒气,掩鼻不迭。忽筵中一阵狂风过去,吹倒金钟,将酒倒翻满地,毫光迸触,侍从皆有惧色。八王离席,吩咐从人准备车驾,辞七王径回府去了。七王以计不成,懊悔无及。王钦曰:“殿下勿忧,八王不知就里,谅亦无怪。俟再图之。”七王闷闷不悦。且听下回分解。

第二十一回　宋名臣辞官解印　萧太后议图中原

宋太宗至道元年乙未岁起至真宗咸平二年己亥岁止，凡五年。

却说太宗尝以后事决之赵普，普曰："先帝既误，陛下岂容再误。金匮之盟，未可全执。"于是太宗因有立子之意。至是偶沾重病不起，召寇准八王等入嘱后事。帝曰："先帝以天下付朕，掌理二十二年矣。今当以此位还于八王而立，庶不违皇太后之命。"八王奏曰："陛下皇子长成，人心所属，谁敢有异议。惟陛下善保龙体，臣决不愿为君，须与七王为正。"太宗良久问寇准曰："卿且言孰可付神器者?"准对曰："陛下为天下择君，谋及妇人中官，不可也；谋及近臣宰辅，亦不可也。惟陛下择所以副天下望者而立之。"太宗乃曰："既八王不肯为君，当以元侃主社稷。"准拜贺曰："知子莫若父。圣虑既以为可，愿即决定。"太宗又谓八王曰："朕此病莫保，卿善辅汝弟。先帝尝言代代有谗臣以乱国政。今赐汝铁券、免死牌十二道，若遇奸臣当国，得专制之。且杨业有子延昭，此人必能定乱，须重用之，勿弃也。"八王拜受讫。俄而帝崩，寿五十九岁。时改元至道三年三月日也。后人咏史诗曰：

混一中原志亦勤，堪称美政化维新。
苍天若假当年寿，竟使黎民望太平。

太宗笃前人之烈，成未集之勋，混一中原，并包四海，中外宁谧，偃武修文，礼乐文章，焕然可述。时既晏驾于万岁殿，众文武乃立七王元侃即位于福宁殿，是为真宗皇帝。群臣朝贺毕，尊母李氏为皇太后，命中官奉太宗灵柩于偃陵，封王钦为东厅枢密使，谢金吾为枢密副使，进八王爵为诚意王，其余文武升职有差。

次日，参知政事宋琪奏曰："臣蒙先帝之恩，在位已久，无益朝廷，乞陛下允臣解职归乡，不胜感激。"真宗曰："朕初即位，正赖卿等相扶，如何便舍朕而去。”琪曰：“朝廷清贵无数，区区微臣，何足念哉！”帝见其意真切，遂准奏。宋琪辞帝而归。越数日，吕蒙正、张齐贤等封章迭至，各称辞官解职，帝俱允之。自是朝廷重事，专委枢密使王钦所理。

却说八王趋朝而出，忽一人拦住车驾，声冤告状。八王问曰：“告状者是谁？”其人哭曰：“小人胡银匠之子，日前父亲被新王召入府中，打造鸳鸯壶，欲造谋害殿下，数日不出，被王枢密恐外人知觉，谋死于府中。小人有冤无诉，只得投殿下作主。”八王听罢，怒曰：“日前斟酒之际，吾意亦猜至几分，当时惟见王钦在旁调度是事，不想起此毒意也。”乃令左右接过状，取黄金十两，与告状人而去。复命回车驾入朝，正遇着王钦与帝在便殿议事。八王直前奏曰：“臣于午门接得一纸冤状，告称王枢密私谋胡银匠。臣已准理，特来奏知陛下。”真宗听罢大惊，乃曰：“王钦常在朕旁，那得此事，王兄勿听奸人之言。”八王笑曰：“谋杀胡银匠，本为臣之故也。臣以忠心待陛下，陛下何用疑心，听信谗言，要害自家骨肉。若非太祖皇帝有灵，社稷何如？臣若有意为君，不到今日矣。”王钦忙进前奏曰：“八大王以势压臣，故来于此说词。岂有谋杀人往日不告，而待陛下已立大位，敢向午门谤天子耶？”帝未答，八王大怒，抽出金锏望王钦劈面打去。王钦躲避不及，正中鼻准，血流满面而走。八王一直赶去，真宗忙下金阶劝救曰：“万事看朕之面，饶他一次。”八王乃住步，指王钦骂曰：“汝若再为恶，吾即诛之。今姑缓汝之死。”言罢愤怒而退。王钦乃伏于帝前请死，真宗曰：“八王先君爱臣，朕且让之，何况于汝。今后凡事但省避之。”王钦顿首辞去。归至枢密府中，深恨八王，欲思报怨之计，乃修下密书一封，遣心腹人漏夜送入幽州见萧后，奏道：“中国太宗晏驾，新王即位，朝中无甚良将。若发遣人马入寇，则中国可图。”

萧后得奏，与群臣商议。萧天右奏曰：“耶律休哥屯兵云州，屡请举兵伐宋，既中国遇丧，正宜乘其无备，一举可以成功。”道声未罢，卷帘将军土金秀出班奏曰：“宋君善能用人，边廷帅臣，皆是雄虎之将。王钦所言，未见的实。若即举兵南下，难定输赢。臣有一计，

能使中国献纳山后九州之地与陛下掌管,不劳兴军众也。”后曰:“卿有何计?”金秀曰:“陛下今可遣人赍书一道与中国通知,臣与麻哩招吉、麻哩庆吉部五千骑于河东界,约与宋人比试。且臣箭法天下无双,招吉善枪,庆吉善刀。若中国知此消息,定选一艺出众者来与臣等放对。果是臣之对手,则迟数年征伐。如对臣等不过,必知中国无人。那时陛下御驾亲出,直抵汴京,宋之江山不难夺矣!”萧后闻奏大悦,即遣使臣赍书径赴中国,进上真宗书曰:

幽州君后萧书奉大宋皇帝陛下:兹者,孤闻朝有丧事,未及吊慰,负罪负罪。近因通好之议,自古为美。往年兵革不息,民遭荼毒,孤甚悯焉。今特遣驾下小臣二员于晋阳分界与宋之君臣会猎一番,且讲息兵之由。早定封疆,庶免边衅日生,军士震骇。千载之遇,惟国君留意焉。

真宗得书,与群臣商议。寇准奏曰:“观萧后来书,词倨气傲,多是邀陛下观兵之意。逆料北之来将,不过试刀箭而已。堂堂中国,岂无敌手哉!须下圣旨,选有文武充足者与之会猎。”真宗曰:“先辈良将,已皆老迈。惟杨业父子尚有杨郡马在,先帝曾遣使于郑州调回,至今未见消息。其他帅臣,恐不能胜来将也。”准又奏曰:“陛下当再遣使于郑州征取。”帝允奏,仍遣中官赍敕旨径诣郑州寻访,不知下落,郑州太守因言:先帝曾赦取回朝去了。中官只得复命,奏知真宗。真宗忧闷累日。八王奏曰:“臣往无佞府体探动静如何?”帝曰:“此系紧关大事,兄宜用心体问。”八王即日出朝,来到无佞府,见令婆与太郡夫人,访问杨郡马消息。令婆曰:“六郎犯罪,发配郑州,再不见回来。殿下今日寻讨,老妾诚不知也。”八王曰:“新主在位,既有赦文召取,当令投赦入朝,而与国家出力,何必匿隐?”太郡曰:“尚容改日,待令人于郑州跟寻,来见殿下也。”八王会其意,遂辞却令婆,回朝奏知:委不知郡马下落。真宗闻奏,正怀虑间,边臣急奏:辽兵于晋阳屠劫军民,甚为深患,乞陛下早议定夺。真宗问曰:“文武中谁堪此行者?”寇准奏曰:“禁军教练使贾能文武足备,可称是职。”帝允奏,下敕以贾能充亲军使,带领骑兵一万,同寇准赴晋阳会猎。贾能即辞帝离汴京,望河南而进发。

是时无佞府密遣人缉探得官军起身,来报杨令婆。令婆与六郎议曰:"贾教练非辽将之敌,国家新立,我儿只得赴难。"六郎曰:"母亲不说,儿有意久矣。更得一人相助尤妙。"言未罢,八娘、九妹进曰:"我二人陪哥哥同往。"六郎曰:"汝女流也,如何去得!"八娘曰:"姐妹装作从军而行,人所不觉。"六郎依其言,即日辞令婆,带二妹赴晋阳不题。

却说辽将土金秀于河东地界立起大营,朝夕劫掠边民,纵乐饮酒。忽报宋兵将到,金秀听得,即与麻哩招吉等议曰:"我谅宋人无杨家父子,则他将不足惧矣。若遇比试之际,当要用心,以慰吾主之望。"招吉曰:"使平生之所学,务要大胜宋人而归。"金秀下令已定。次日于平川旷野立起红心,将所部之军分布齐整。遥望见正南旌旗闪烁,杀气连天,宋兵已到。两阵对圆,对面辽将土金秀全身贯带,立于门旗之下,上手麻哩招吉,下手麻哩庆吉,三匹马齐齐摆开。宋阵中寇准先出,贾能戎装立于阵后,寇准曰:"汝幽州自为君后,华夷有限,何故屡兵犯境,扰我生民?"土金秀曰:"吾主以中国新立,欲与晋阳会猎,将议息兵之盟,宋君如何不自来耶?"寇准厉声曰:"今新天子即位,皇风披振,无不仰服。特与文武论治,尚且不暇,宁有隙时与汝等会猎乎?"土金秀语塞。

第二十二回　杨家将晋阳斗武　杨郡马领镇三关

左翼麻哩招吉挺枪跃马跑出阵前,叫曰:“宋将有勇者出马比试,勿徒讲口。”道未毕,寇准背后一将应声而出,乃大将贾能,舞枪纵骑绕出阵来,喝声:“吾与汝比试!”两下各按住营寨,金鼓齐鸣。麻哩招吉与贾能在战场中斗上十数合,不分胜负。招吉枪法精熟,贾能终是惧怯,被辽将用赚敌计,佯走入本阵,贾能拍马追之,未及辕门,招吉回马一枪刺落地下。番兵大振,宋兵尽皆失色。招吉欲冲其阵,车队中走过一女将,跳上青骢,出与招吉交锋。斗不数合,被八娘抛起红绦,将招吉绊于马下,宋军向前一时捉住。寇准大喜,便问女将是谁,八娘下马答曰:“妾乃杨令公长女八娘也。”准曰:“将门之女,亦劲敌矣。”因令纪功官录其名字。土金秀见折去招吉,大怒,正待出马,麻哩庆吉一骑跑出向前曰:“杀兄之仇,如何不报!”抡刀要来比试,宋阵牙将赵彦亦舞刀还战。二人战上数合,赵彦力怯,拨回马便走,麻哩庆吉直逼入中军。宋阵中走出一少年女将,舞刀跃马,抵住追将。二人斗上二十余合,九妹挥起杆刀,喝一声,劈庆吉于马下。正是:徒恃英雄来斗武,不期鲜血染红尘。九妹既斩了庆吉,下马来见寇准,道知名字。准曰:“杨家尚有汝等在,实朝廷之福也。”仍令记录其功。

番将土金秀跃马出曰:“谁敢再来比箭。”宋骑将杨文虎出曰:“我来与汝较射。”土金秀先拈弓搭箭走马,指定红心射去,三箭皆中,众人喝采。文虎亦走马连放三矢,止有一矢中红心。金秀曰:“汝输我二矢,当以捉将还我。”文虎曰:“箭法虽输与汝,敢来斗武乎?”金秀曰:“待斩此匹夫,以与庆吉报仇。”即绰方天戟便来交战,文虎舞斧迎之。两马相交,未及数合,文虎左臂被戟所伤,负痛跑马而走。土金秀怒声如雷赶来,宋军中恼了杨六郎,绰枪上马迎住番将交锋。土金秀力不能敌,回马叫曰:“宋将且缓斗武,先与比箭。”六郎按住枪笑曰："汝之箭法，有甚高处，敢在军前夸大口耶！"因令左右取过硬弓，马上一连三矢，并透红心，观者无不称赞。六郎曰："汝莫想要射，试看能开得此弓否？"从军传递与土金秀开之。金秀接弓在手，睁目咬牙，尽力扳扯，不动半毫，乃惊曰："能开若是硬弓，真神人也。"

宋军一连胜却番将，威声甚盛。辽兵垂首丧气，只待要走。寇准出阵前扬言曰："今捉得斗将，且把还汝，归见萧后，休得妄生边患，天兵一至，屠汝辈无遗类矣！"因令解麻哩招吉回北营。土金秀羞惭无地，部军径回大辽去了。后人有诗为证：

气势南来恃勇雄，一时失计斗酣中。
军前自有杨家在，为辅皇朝建大功。

只说寇准召杨郡马入军中，甚加慰劳曰："今日若非将军等助阵，险被番人所辱。可随我入朝见帝面奏，以封公职。"郡马拜谢。准即日下令拔营回汴京，入见真宗奏知："已得杨家兄妹等，斗胜番兵而回，诚赖陛下之洪福也。"真宗闻奏大悦，下诏宣杨延昭上殿，面谕之曰："卿父子忠勤国家，先帝称羡不已。今尚有汝在，足为边境捍蔽也。"延昭叩首请罪。真宗问准当封延昭何职，准曰："高州缺一员节度使，陛下可封此职。"帝允奏，颁旨封杨延昭为高州节度使。六郎得旨，辞曰："臣父子有败军之罪，蒙陛下赦臣不死，恩亦厚矣，安敢受官爵哉！"帝曰："先帝在日尚要旌表汝父子，今又有退番将之功，当受实赏，何必辞焉。"郡马力请曰："既陛下赐臣之官，情愿受佳山寨巡检之职，节度使诚不敢当。"真宗曰："卿居节度，则可与同列齐名，巡检卑陋之官，卿何愿为是职？"延昭奏曰："臣为巡检有二便：一者，闻彼处有几员好将，臣欲招而用之；二者，佳山乃三关冲要之地，与幽州隔界，欲往把守，使番人不敢南下，故愿居是职也。"真宗闻罢大悦曰："卿真忠义臣也！"即允其请，着东厅王枢密发军兵与郡马赴佳山寨镇守。郡马谢恩而退。

王枢密承旨，到府中商议，拨应军兵三千，尽是老弱不堪战阵之人，付与郡马。郡马怒曰："朝廷以佳山寨近番兵地界，着我镇守，如何尽拨此无用军人随行？"时军中有岳胜，齐州人，武举出身，生得面如傅粉,唇若涂朱,使一柄大刀,有万夫之勇,军中号为花刀岳胜。因见六郎道众士卒老弱,乃出军前叫曰:“将军是将家出身,欺天下无敌,今日敢来比试么?”六郎曰:“我先与汝斗武,然后赛刀。”言罢,绰枪跃马,出辕门搦战。岳胜披挂齐备,提刀纵骑来斗。两下呐喊,二人战上七十余合,不分胜败。六郎叹曰:“此人刀法纯熟,勇力过人,真烈丈夫也。”岳胜愈斗愈劲,六郎佯败,跑出征场。岳胜曰:“待擒此匹夫,以抑其夸。”即骤马追之。不想六郎所乘走得慌忙,前蹄已失,将六郎掀翻在地。岳胜挥起钢刀,连盔劈下,忽一声响处,六郎头上现出个白额虎,金睛火尾,突来相交。岳胜惊惧半晌,即跳下马,扶起六郎曰:“小将肉眼不识好人,望本官恕罪。”六郎曰:“君可同吾赴佳山寨共建功勋。”岳胜曰:“小将情愿以所部下伏事本官。”六郎得了岳胜,不胜之喜,回无佞府,辞令婆、太郡而行。令婆问曰:“汝父为代州刺史,汝为佳山巡检,岂不有辱先人乎?”六郎曰:“吾非好为此小官,今值国家多事之秋,佳山寨实近番之地界。今儿于此处立功,足可以显能也,何必居清要之职哉!”令婆然其言,即备酒送程。六郎是日领了令婆酒席,宿过一宵,明日望佳山进发。

时值二月光景,路上风和日暖,百花竞开。但见:酒旗开处行人喜,芳草丛中去马嘶。六郎众人一路无词,不日来到佳山寨,原有官军俱来迎接入帐中,称贺已毕。六郎下令曰:“今朝廷以辽兵屡寇边界,此处突控幽州咽喉,汝众人各宜整饬戎伍,谨守烽堠,勿使敌人窥伺。用命者则有重赏,退缩者以军法从事。”众人领命而退。

次日,岳胜因出寨闲行,遥见对面一座大高山,树木苍阴,林峦叠翠,乃问土人曰:“前面那一座峻岭,是何所在?”土人答曰:“将军休问那里,说起来胆亦惊破。”岳胜曰:“莫非有猛兽乎?”土人曰:“比猛兽还狠百倍哩!”因指过转湾一山,过去有胡林洞,倚山有可乐洞,“洞有寨主,姓孟名良,邓州人氏,使柄大铁斧,无人敢敌,聚集数百人,专一打官劫舍,掠取生民妇女,不胜扰害,那一个敢正视其山?”岳胜听罢,归见本官,道知其事。六郎曰:“吾久闻此处有勇士孟良,若得此人归顺,诚壮此寨威风。”岳胜曰:“小将轻骑前往哨探一回,徐定擒之之计。”六郎依其言,即遣岳胜前到可乐洞。正值孟良部下刘超、张盖与众喽啰各将金银缎匹在洞中赌赛。岳胜拴住马，佩短刀，入洞中大喝一声。刘、张惊疑官军来到，各四散奔走。岳胜近前一连砍死十数喽啰。尸横倒地，流血惊人。岳胜曰："不如留下姓名，报与他知，好来寻找。"即蘸血大书于壁上曰："寨前列枪刀，洞口布旗帜，杀了你家人，便是杨六使。"岳胜题罢，竟上马回佳山寨去了。

却说孟良归至洞中，见杀死十数人，大惊，问手下是谁到此。众喽啰对曰："适有少年将军单骑来到寨中，众人疑是官军，不敢与争，被其乘虚杀死十数人，临去留血字于壁，大王看之，便知端的。"孟良看壁上所题，乃曰："吾闻杨家有名之将，来日与他放对，定报此仇。"

却说岳胜回见六郎，道知杀死部下，并血书题壁之事。六郎曰："孟良若知，必来厮闹，汝等须提备之。"道声未罢，忽报孟良于寨外讨战。六郎即与岳胜部众二千出寨迎敌，遥见孟良生的眉浓眼大，人物雄壮，果是好员将家。六郎于马上谓之曰："君有堂堂之貌，何不纳降于我，同把番界，立功朝廷，图名于后世，岂不胜于为寇哉？"孟良怒曰："汝父子八人弃河东而归中国，今皆作无头之鬼。我在此处与汝无冤，何故杀我部下，而来相扰耶？若胜得手中利斧，则降于汝，不然，捉归洞中取汝心肝，烹酒为众人报仇也。"六郎大怒曰："无端匹夫，辱人太甚。"即挺枪径取孟良，孟良舞斧交还。二人力战四十余合，不分胜负。六郎佯输，绕平原而走，孟良激怒，拍马追之。岳胜当中冲出，又战数合。六郎见岳胜敌住孟良，按住枪，拈弓架箭，射中其马，将孟良掀跌于地，众军一齐向前捉住，押赴寨中来见六郎。六郎曰："汝已被吾擒，肯降伏否？"孟良曰："汝暗箭伤我坐骑，误遭汝擒，如何伏耶？"六郎笑曰："汝既不伏，吾放汝去何如？"孟良曰："汝若放我回去，必再整顿部下与汝决胜负。若能擒吾，方肯伏也。"六郎曰："只今便放汝去，纵能走归天上地下，亦能擒之。"随即放起，令人送出寨外而去。

第二十三回　樵夫诡计捉孟良　六使单马收焦赞

岳胜曰:“孟良贼之渠魁,今幸成擒,本官何以放去?”六郎曰:“吾与此人连斗数十合,武艺不弱,心甚爱之。且今英雄难得,吾欲他必服,收为部将,非徒捉之而已。汝等试看孟良不久又被我众所擒也。”岳胜曰:“彼今此去必再整众来战,本官用何计捉之?”六郎曰:“孟良勇力虽有,终是寡谋。离此佳山之南五里,皆峻岩峭壁,无路可行。汝引骑军二千于此埋伏。敌人若进其中,然后绝其回路,吾自有计较在也。”岳胜引兵去了。又唤过健军五人吩咐曰:“汝几人先往山谷,装作樵夫。待敌人问路之时,汝等便如此如此答应。”军人各领计而行。

六郎分遣已定,人报孟良引众于寨前索战。六郎即披挂上马,出寨高叫曰:“今汝用心交锋,若再被擒,再无轻放之理。”孟良曰:“此来定报昨日之辱。”言罢舞斧纵骑直奔六郎,六郎举枪迎之。二人战上数合,六郎拨马回望山路而走。孟良怒曰:“汝复能以箭射我乎?”径骤马追之。六郎且战且走,赚孟良赶至山谷,故作慌张之状,头盔坠落,因弃马缘山逃奔。孟良性如烈火,亦下马绰斧赶去。转过山坳,不见了六郎,良惊曰:“又中其计矣!”连忙杀出,忽岩后一声鼓响,岳胜伏兵将谷口紧紧把住。孟良见有伏兵,迤逦投西,入山谷,依小径而入,见山岭有四五个樵夫,良问曰:“此处还有路通得那里?”樵夫道:“岩上却有小路出得胡林涧。”良曰:“汝众救我,愿以金珠相谢。”樵夫曰:“本欲相救,但恐将军不从。”良曰:“只图生路,如何不从。”樵夫将麻绳一条垂下曰:“将军把此绳系于腰间,我众齐力吊将上来,将军便可以脱矣。”良心中自思:事急且相随,权从其言,未为不可。遂双手接过绳头,拦腰系紧。众人并力扯至半岩,将绳缠缚大藤,不上不下,停而不动。良叫曰:“何故只在半空,不复吊上?”樵夫曰:“将军少待,且待吾邀众人来。”孟良听罢,忧疑无定。一伏时,六郎引岳胜都到岩上，见孟良曰："此一回在天上捉汝，还不伏乎？"良曰："汝诡计算我，非战败之罪，要杀便杀，决不心服。除非和你大战一场，阵上擒得我时，方才心死，然后归降。"六郎曰："且放你去，必须地下捉汝，毋得再悔。"即令军人依前放下孟良去了。自与岳胜等归至寨中商议曰："孟良被吾连擒二次，彼今不敢再战，必来劫寨。此回捉之，看他再有何辞。"岳胜曰："本官奇谋妙计，非他人所能及，只恐其不来也。"六郎曰："准定今夜至矣。"因令人于帐前掘下地坑，可深五六尺，上用浮木铺定。着军士远远埋伏，只留八九人藏于帐前，候敌人中计即出擒之。众人依令而行，整顿齐备。

是夕六郎独坐于帐中，秉烛观书。将近二更，孟良果部军士悄悄来到佳山寨左侧，遣人缉探，回报寨中军人各安歇去了。孟良喜曰："今番报其仇矣。"径到寨边，着手下停止于外，自轻骑杀入帐中。见六郎隐几而卧，更无一人。孟良手提巨斧，乘力向前，喝声："六郎休走！"举斧未落，忽一声响处，孟良连人带马陷入土坑中。帐前健军一齐抢出，用搭钩擒住。孟良带来部下二千余人，被军士围裹将来，不曾走得一个。众人押过孟良，六郎谓之曰："量君见识出不得我神机。放汝回去，在意招集人马来战。"因令左右放之。孟良曰："我虽为贼，颇知礼义。只因顽性未除，蔽却本来羞耻。将军神人也，我安敢不服哉！情愿倾心以事本官，无他念也。"六郎大喜曰："君若肯归顺于我，久后终得好名目矣。"

次日平明，孟良禀过六郎，回本寨召集刘超、张盖、管伯、关钧、王琪号王扁担、孟得号夜叉黑鬼、林铁枪、宋铁棒、丘珍、丘谦、陈雄、谢勇、姚铁旗、董铁鼓、郎千、郎万，共一十六员头目，都来归顺。六郎于寨中摆设犒军筵席，与岳胜等欢饮。酒至半酣，孟良曰："离此六十里有芭蕉山，地势极恶，内聚强人，扰乱山庄，专一劫掠放火，官军无奈他何。为首乃鸦州三元县人氏，姓焦名光赞，性好食人，生的面如赤土，眼若铜铃，四肢青筋突起，遍身肌肉块垒无数，使一柄浑铁锤，万夫莫近。若得此人来降顺，尤为吾党生色。"六郎听罢，欣然起曰："吾当亲赍空头官诰招来为将。"孟良曰："此人至顽，本官不可轻往，须部众而去。"六郎曰："吾以诚信待人，何以兵为哉！"是日酒散，已交三鼓。

次早，六郎令岳胜等守寨，自引骑军三人，单马来到芭蕉山。将近山隘隘口，坐着一人，形容古怪，似樵夫装束。六郎问曰："此处是芭蕉山否？"其人起身答曰："汝是何人，单马来此？"六郎曰："小可姓杨名延昭，杨令公第六子也，近授佳山寨巡检。闻此处有焦光赞，勇力无双，我特来相招为将。"其人曰："君要寻焦光赞，吾素相识，君可随我来，引汝见之。"六郎喜不自胜，即同其人进入山中，但见石壁嵬峨，树林丛杂。将近洞边，其人曰："汝且停待于此，我先入通报。"六郎允诺，其人进洞中。一伏时，走出数十喽啰，将六郎捆缚了，竟被众人捉入洞去。见上面坐着一人，正是方才引路者。乃笑曰："我焦赞未尝识汝，汝自来寻死，复有何辞？"六郎颜色不动，厉声应曰："大丈夫视死如归，凭汝如何处置。"焦赞曰："吾啖着多少好汉心肝，罕见汝一个乎！"即令手下吊起，亲自下手开剥。正待举刀，忽六郎顶上现出一道黑气，气中展过白额虎来，咆哮掉尾。焦赞大惊曰："原来此人乃神将也。"即便叫手下放宽吊索，亲解其缚，纳头便拜曰："小可不识好人，情愿归顺。"六郎曰："君若肯归于我，不失官职，胜于为寇矣！"乃取过空名官诰付与焦赞。焦赞大悦，令手下都来拜见，吩咐备设筵席相待。六郎正待饮间，忽洞外喊声大震，金鼓不绝。人报入寨中，六郎出洞视之，乃岳胜、孟良一起。众人见着六郎，乃各下马相见，因说从骑回报本官被贼人所捉，特来救取。六郎道知收伏焦赞之事，众人皆惊，入洞中依次序而坐，尽欢畅饮。次日六郎即率众人离芭蕉山，焚其巢洞，径回本寨而来。后人以六郎连收三员勇将，有诗赞曰：

天下英雄角逐秋，一时豪杰总归投。
三关兵马中原盛，威震番庭志气酬。

是时杨六郎招伏三员大将，遣人申报朝廷，欲求定封，以安其下。真宗得奏，与群臣商议。寇准奏曰："延昭既招抚群寇，陛下当允其请。"帝准奏，乃遣使赍敕加封延昭为镇抚三关都指挥正使，岳胜、孟良、焦赞以下一十八员并授指挥副使。诏旨既下，使臣领命径诣佳山寨传宣。六使与众人拜受命讫，款待朝使已回，遣人往胜山寨招取陈林、柴敢来到。自是壮勇并集，兵马强盛，于关上扯起杨家金字旗号。从此番人畏服，边患少息。

时值八月中秋佳节，六使在寨中与众将赏月饮酒。怎见得中秋好景？有前人念奴娇词为证：

凭高眺远，见长空万里，云无留迹。桂魄飞来光射处，冷浸一天秋碧。玉宇琼楼，乘鸾来去，人在清凉国。江山如画，望中烟树历历。　　我醉拍手狂歌，举杯邀月，对影成三客。起舞徘徊风露中，今夕不知何夕。便欲乘风，翩然归去，何用骑鹏翼。水晶宫里，一声吹断横笛。

是夜酒至半酣，六使于席上谓岳胜等曰："吾父子八人，自归大宋以后，与北番世仇。我父令公，因瓜州之战，丧身于胡原谷。当时暂埋骸骨于李陵碑下，每欲遣人取回，葬于先茔，少尽人子之道，奈无心腹之人代我前去，心常怏怏，不知何日得伸此志也。"岳胜曰："本官此意，诚乃大孝至情。争奈番兵阻道，四下皆贼敌，难以亟取。须迟缓数年，则可计较。"六郎因潸然出涕，遂撤席而散。

时孟良因听本官席上所言，自思曰："我蒙三次不杀之恩，今日要人出力，所在无一人敢承其志者。不如乘今夜悄悄偷出营寨，密往胡原谷，取得骸骨而归，少报本官之万一。"孟良准备已定，不与众人知道，径望胡原谷而去。

次日平明，寨中不见了孟良，众人报知六使。六使大惊曰："昨日席上饮酒，今日却缘何不见？"岳胜等曰："孟良终是贼性，莫非逃奔他处，不与本官知道？"六使曰："我观孟良其性虽粗，志如金石，既降于我，宁肯私奔他适乎？"众人狐疑未定，六使亦闷想而已。

第二十四回　孟良智盗骕骦马　岳胜大战萧天右

只说孟良装作樵人来到胡原谷，寻觅令公骸骨，全无下落，忽遇一老番卒经过，孟良作番语问曰："此处有杨令公骸骨，今缘何遗失无存？"番人答曰："一月之前幽州萧娘娘已令人掘取，却葬于红羊洞去了。"孟良听罢思忖曰："专来干此功劳，若不得骸骨，亦难以回去。不如径入幽州，徐图计较。"遂假装番人，望幽州而行。数日之间，将近其境，遇见一渔父来到。孟良问曰："汝要入城否？"渔父曰："赶明日献鱼，如何不入城？"孟良曰："献什么鱼？"渔父曰："八月二十四日乃萧娘娘寿诞，例当进献鲜鱼奉贺。今朝是二十三日，明旦侵早要进。"孟良听罢暗喜曰："中我计矣！"乃曰："我番帅喂马者，亦要入城，当与公同往。"渔父在前，行不数步，孟良抽出利刃，将渔父一刀杀死，撇了尸首，剥下渔人衣服、牙牌穿带着，提鱼在手，径入城中。守门番军见孟良称说贺寿者，番人检验牙牌是实，径放他进。次早，萧后娘娘设朝，众文武称贺毕，阁门太使奏曰："今有黄河渔户进上鲜鱼，未敢擅入。"萧后下旨召入金阶下，孟良献上其鱼。后曰："此鱼比往年又小，鳞不新鲜，如何敢进于我！"孟良奏曰："臣每年进者虽大，皆非美味。此鱼极是难得，近日于河中网取，养之池内数日，盖因天气乍热，其色不鲜。然滋味实与凡品不同，请万岁试尝之，便知端的。"后喜而笑曰："言之有理，汝且退，须待过却圣节，各员役一同赏赐，然后回家。"孟良喜不自胜，拜辞而出。萧后令有司官排下筵宴，赏赐在廷文武。是日宫中大吹大擂，丝竹和鸣，君臣尽欢而饮。前人曾有西江月词为证：

断送一生惟是，诶除万事无过。远山横黛蘸秋波，不饮防人笑我。　　花病等闲瘦弱，春愁没处遮拦。杯行到手莫留残，不道月斜人散。

群臣夜静乃散。次日，众臣趋朝谢宴毕，忽近臣奏知：今有西凉国进贡中朝骕骦良马一匹，路经幽州地界，被守官夺得来到。萧后令牵进其马视之，果是好匹骏骑，碧眼青鬃，毛卷红纹，四蹄立处，高有六尺。后曰："此马果是难得。"下命有司用心喂养，以备出入，有司承命牵出不题。

孟良闻此消息，密往厩中视之，称赞不已。自思：先偷取骸骨，然后计较此马。竟抽身来到红羊洞中，旷野所在，见一土墩，傍有小碣，上写了"令公冢"。孟良待至昏黑，掘开冢墩下，石匣安贮。孟良解了包袱，开匣取骨，包藏停当。忙走出洞中，却被番人捉住，搜检包裹。乃曰："汝是何人，敢来做此勾当？料必是中国细作，汝从何处发掘而来？"孟良泣曰："小人不是细作，乃渔父矮张也。日前献鱼上朝庆寿，蒙太后敕旨留我父子赐宴。吾父因见皇封御酒，多吃了几杯，不料醉死。路途遥远，只得将尸首焚化，带取骸骨归葬，岂有细作敢来此处寻死？"言罢，哭之甚哀。番军信其言，遂放之，令其速走。孟良得脱，急归至驿中，将骸骨藏好。

次日，带些毒药复来马厩边，见番人正在煮豆喂养。孟良装作番人一般，近槽边撒下末药，径回去了。其马中着毒药，即时不食。喂养军人报知司官，司官亟奏萧后知道。后曰："此马不食，莫非汝等调失其宜之故？"司官奏曰："贵相良骏，本难调护。既不食，必有病，乞陛下圣旨召募有能医治，重赏以爵，或得识其性者，用之保护，可万全矣。"萧后允奏，即出下榜文，召募善能医马之人。旨令既出，孟良听此消息，思曰："此计若成，带得此马献君，诚此来之大功也。"径来揭取榜文。守军捉见萧后，萧后问曰："汝能医治骏马耶？"孟良曰："臣即前日进鱼之人，亦晓医马，不消一二日，管取医好此马。"后曰："汝若医得平复，当封汝重职。"孟良拜命而出。有司引良到厩里看视马病，孟良细看既到，乃曰："此马中毒已深，当急治其标，然后治其本。"有司然其言。原来孟良所放药末，只是一味麻药，若教中了，即不能开口，便似有病。直至将麻药洗去，撒下香豆，那马立地吃尽，过了一宵，平复如初。司官奏知萧后，其马已平复无恙。萧后大悦，即宣取孟良，谓曰："医好良马，卿之功也。燕州缺一员总管，就封卿此职。"孟良谢恩，自思我本为此马之故，费却几多心力，总管非我所愿，即生一计，奏曰："蒙陛下深恩，赐臣官职。缘此马虺聩初瘥，血脉未固，若不随宜调之，恐又再发，便难调治。当与臣带往州所，驰骋几日，方保无再发之虞。"太后曰："卿言极有理。"因令将此马与孟良带往燕州而行。孟良得旨，叩首辞出，就往驿中取过骸骨，跨马跑出幽州，寻夜逃回佳山寨而去。有诗为证：

骕骦良骥带将来，壮士奇谋亦勇哉。

本为忠勤能报主，临行又带令公骸。

逻骑报入幽州，萧后知之，大惊曰："却被奸人所算矣。"即遣萧天右率轻骑追之。萧天右得旨，部骑出幽州，如风送行云起来。

却说孟良已离幽州二百里程途，望三关不远，回顾后面，尘土遮天，旌旗蔽日，知是番人追赶。急走至关口，早有哨军认得孟良，连忙报入寨中知道。六使闻此消息，急令岳胜、焦赞等出兵接应。岳胜部众前来，恰遇孟良走得汗流满面而来，叫曰："后头番兵追紧，须宜仔细。"岳胜曰："汝先上关，我自抵住敌兵。"孟良竟跑马入寨中去了。

岳胜摆开队伍，霎时，番帅萧天右挺枪跃马而来，厉声大骂曰："贼人盗我大辽骕骦良骥，好好献还，饶你残生。不然，踏上关来，寸草不留。"岳胜怒曰："番蛮敢来相扰耶！"即舞刀跃马直取番将。萧天右举枪还战，二人斗上四十回合，焦光赞喊声如雷，率轻骑从旁攻入。番将前后受敌，势力不加，拨马走回。焦赞乘虚掩杀，北兵大败，自相蹂踏，死者不计其数。岳胜等直追至澶州界上，乃收军回营，来见六使，道知杀败番兵之事。六使既见孟良，又闻杀赢番兵，大喜。问孟良因何私往幽州之故，孟良将其本末详细道知。六使拜谢孟良曰："既蒙大德取还吾考令公之骸，当与吾母令婆知道，然后安葬先茔，将此马献与主上请功。"分遣已定，差人带领骕骦，径诣汴京进见真宗。真宗得此良马，大悦，谓群臣曰："延昭才守三关，近得捷音，收服良将三员。今又夺得贡马来献，其功不小，朕当重赏之。"八王奏曰："杨郡马忠勤为国，陛下赏之实当。"帝径遣使臣赍缎匹羊酒前诣佳山寨，赏赐郡马不题。

忽近臣奏知，番兵寇打澶州，为边庭患，乞朝廷定夺。真宗问曰："番兵犯界，当令谁部兵退之？"八王曰："澶州近三关地方，若敕郡马退敌,管教成功。"帝允奏,乃下令着杨六郎抵御北兵。使臣领旨,径诣佳山寨宣读。六使得赐缎匹羊酒,尽分俵部下,召诸将议曰:"今番兵屯止澶州,近为边患,朝廷敕我等御之,汝众人当用力向前,不宜造次。"孟良进曰:"此患是小人惹来,我当率兵迎敌。"六使曰:"萧天右北番名将,汝引兵先行,吾率众相应。"孟良领兵去了。又唤过岳胜谓曰:"汝引马军一千出关,俟战酣力乏,可冲阵击之。"岳胜引众而行。杨六使分遣已定,自领马军二千随后救应。

飞骑报入番帅军中,萧天右与耶律第议曰:"太后令旨着我部兵来追贼人,今已走入关中,访得乃是剧贼孟良也。今要来与我放对,汝众人各宜用力,取得马复回,主上必有重赏。"耶律第曰:"主帅不需挂念,凭我众人之力,务要奏功而回。"天右下令已定。

次日平明,于平川旷野排开阵势。宋兵摇旗鼓噪而来,孟良全身贯带,绰斧立于阵前高叫曰:"番贼不即退去,必来丧其命矣。"萧天右怒骂:"偷马之贼,尚敢来斗耶?"举枪直奔孟良,孟良舞斧迎之。两下呐喊,二人战上三十余合,不分胜负。番将耶律第提刀纵骑冲出助战,忽山后一声鼓响,岳胜一军杀出。萧天右力敌孟良,岳胜战住耶律第,四将鏖战。天右勒马佯走,孟良不舍,骤马追之,抡巨斧望番将劈面砍落,萧天右金光灿起,斧不能伤。孟良大惊,跑马走回,番将复马杀来,宋兵披靡四散逃走。岳胜部下先溃,抛下敌将,与孟良径奔关下。天右见前面杀气连天,知有伏兵,乃收军还营。孟良回至寨中,见六使道知萧天右之事。六使曰:"世上有此异事?吾明日亲上阵,便知端的。"着令陈林、柴敢守寨;岳胜率刘超、张盖先战;孟良、焦赞领王琪、孟得等分左右翼而出。众将得令,各整备交锋不题。

却说萧天右在军中召部下同议曰:"孟良、岳胜英雄之将,且部下皆八寨强徒,都能争斗。若不以智胜之,徒战无益也。离此三十里有双龙谷,两边山势险峻,只有一条小路可通,雁岭下一派便是幽州之野。先得一人引步军埋伏于此,赚敌人进入即出围之,不消半月皆饿死于谷中矣!"耶律第应声曰:"小将愿一往。"天右曰:"汝去最好。"即付步军一千,与耶律第前去了。又召过黄威显曰:"汝率骑军一千,于雁岭下多张旗帜,候敌人进入谷中,垒断其路。"威显亦领计去了。

第二十五回　五台山孟良借兵　三关寨五郎观象

萧天右分遣已定，人报宋将扬声搦战。天右披挂上马，率番兵列下阵势，对面岳胜先出，舞刀大叫："番将速退，免伤和气。不然自取灭亡耳！"萧天右大怒，挺枪直奔岳胜，岳胜抡刀迎战。未及数合，孟良、焦赞左右冲出，接住番兵交锋。萧天右力战数将，佯输而走。六使从傍追及，挺枪刺之，金火迸起，枪不能入。六使且惊且疑。岳胜、孟良等催兵而进，被天右赚到谷口，六使见山势峻恶，停住马曰："众人且慢追赶，恐敌人用埋伏计，奈何？"进退不决。良曰："此处我素惯熟，里头乃绝地，只有小路可通雁岭。番将不知路径，走入谷中，正好乘势擒之，如何不进？"六使然其言，率众赶入谷中，不见番将人马。六使惊曰："敌人已有计谋，若不亟退，定遭其困。"道未罢，谷口金鼓齐鸣，喊声大震。耶律第伏兵齐出，将南兵尽皆困了。孟良、岳胜等拼死来战，山上矢石交下，宋兵伤者无数。直待寻雁岭杀出，已被番兵垒断路径，山后旌旗乱滚，那一个敢近前？六使与众人困在谷中，无计能脱。焦光赞进曰："小将愿部兵冲开谷口，救着本官出去。"六使曰："番兵甚众，如何抵当？徒伤士卒无益，不如停待几时，乘势或可走脱。"岳胜曰："寨中不知我等被困，倘若外无救援，内绝粮食，番兵乘疲杀入，宁肯坐而待毙？趁今人马尚强，依焦赞之言可也。"六使曰："救援之处本有，争奈无人通透。此去五台山一望之地，若得一人前去报与吾兄杨五郎得知，内外夹攻，则可脱此厄矣。"孟良曰："本官与众人宁耐在此，待我装作番军偷出山谷，前往五台山去求救兵。"六使曰："汝去须用机密，见吾兄求他作急而来。"孟良遂解下盔甲，装作番人，辞六郎乘夜偷出雁岭。恰遇巡营番兵，被孟良一刀斩之，取其铁铃满营喊去，口内番语不休云："牢把寨，牢把寨，莫叫走了杨都大！"又云："牢把险，牢把险，莫教走了杨巡检！"时番营并无猜疑，任从孟良来往。巡至三更，走离岭外，踏步望五台山而行。

不消一日,孟良来到山门之下,见一侍者问曰:“汝师父在寺中否?”侍者曰:“君从何处而来?”孟良曰:“杨六使将军差遣特见杨禅师,有急事报知。”侍者闻是杨家,即引孟良进入方丈中,禀知师父,出来相见毕,五郎问曰:“汝来寺中有何高论?”答曰:“小人姓孟名良,近归杨巡检,镇守三关。盖为北番犯边,本官与其交战,不期中了敌人之计,被困于双龙谷,外无救应,粮草将尽,特遣小人来求师父出力相助。”五郎笑曰:“我出家之人,岂可复临阵相杀乎?且戎伍久荒,武艺俱废,纵去亦无益矣。君可往汴京求救于朝廷,庶不误事。”孟良曰:“此去京师,路途遥远,知他几时出兵?望师父念手足之情,亲劳一行,以救众命,便是活佛出世,万勿推辞。”五郎沉吟半晌,乃曰:“去则容易,奈我战马已死,少一匹骏骑,难以果行。”良曰:“师父若肯相救,小可即往寨中取得马来。”五郎曰:“吾所乘骑最难中意,除非八大王千里风、万里云二马,若得其一,则可前行。”孟良曰:“此亦没奈何,小人只得寻夜入汴京,问八王借得来用。”五郎曰:“若有其马,当胜番兵矣。”孟良即辞五郎望汴京而来,不日到京,进八王府中拜见,道知要借马之由。八王曰:“别事皆可借,此二马吾看之未饱,岂肯借人临阵哉!不必再说,决难允许。”孟良闷闷而退,赴无佞府来见令婆,道知六郎被困。令婆洒涕曰:“吾夫君率诸子归于朝中,今只有六郎能承父志,今又被番兵所困。倘若有不测,使我依靠于谁?”九妹进曰:“母亲不必深忧,既哥哥有难,儿当同孟良前去救应。”令婆曰:“汝去最好,边庭事须宜谨慎。”九妹领诺。孟良曰:“请先出汴京,于三十里之处等候。小人今夜往八王府中,偷得其马,即来相约。”九妹依其言,先自整备,辞母亲去了。

只说孟良复来八王后花园,蓦地越入。将近黄昏,左侧向御书楼边放起火来。一伏时,烟焰张天,满处通红。军校急报入府中,八王大惊,即令人赴救。孟良乘其慌乱,闪入马房,偷取千里风一匹,从后园门径跑出城北。及救灭火势,中军传说有一壮士乘千里风走出东门而去。八王怒曰:“必是孟良用此计较也。”即令牵过万里云,挥鞭赶来。天色已黑,时孟良偷马出得汴京城,不胜之喜,不知八王所乘,如腾云雾，顷刻间追至。孟良正行间，听得后面如风过之声，八王骂道："逆贼速留下马还我，饶汝性命。"孟良大惊曰："彼来何速耶？"即心生一计，将千里风推落泥泽中，自躲入松林里瞭望。适八王追赶近前，见马陷在泽中，笑曰："此贼没奈何生枝节，推落泽中，且待从军来到，取起而去。遂跳下所乘，近前视之。被孟良在星光之下张见，跨上万里云叫声："八大王休怪，吾借此马退番兵便送还矣！"言罢，挥鞭勒辔而去。八王悔恨无及，正在懊恼间，后头随军已到。八王道知被孟良诡计脱去万里云，随军曰："殿下勿忧，待其救出杨郡马，必当送还。"八王只得令从人救起千里风，复回汴京不题。

将近平明，孟良恰与九妹相会，说知盗得万里云马而来。九妹喜曰："既得此马，君往五台山求五哥下山救援，我先去三关俟候。"孟良领诺，径来五台山见五禅师，告知借马已到，又与九妹同来救援。五郎曰："看你为主志亦勤劳，当得下山相救。"即点起头陀五六百人，扯起杨家旗号，离了五台山，到三关与九妹等相见。九妹曰："六哥被困日久，乘今夜杀入救之。"五郎曰："番兵众盛，待遣人缉探消息，然后出兵。"众人然其言，遂按甲而待。

消息传入萧天右军中，天右召诸将计曰："杨五郎救兵来到，此人雄勇莫敌。吾有一计可使救援自退，宋兵径死于谷中矣。"耶律第曰："元帅有何妙策？"天右曰："令军中捉得有边民面貌极似六郎者，将杀之，以头悬于高竿，只说昨日被番兵所擒，部下诛戮殆尽。被若见之，必信而退矣。"耶律第曰："此计甚高。"萧天右即将其人诛之，斩其头，令番兵悬出阵前，传说六郎被杀，以首级号令。哨军报入关中，五郎闻此消息大惊曰："吾弟遭困，为番兵乘虚所杀，此理有之。"即令九妹出关下认之。九妹连忙披挂来关下视之，令军人前往通知番帅，若果是杨家首级，即便退兵。军人于阵前传说，萧天右得知，令部下献出辕门与视。九妹看罢，面貌颇似，号泣不止，遥指番兵而骂曰："杀兄之仇，定要报复。"仍回马入关中，报知五郎。五郎叹曰："本为来救吾弟，谁想已遭擒戮，真乃杨门之不幸也。"惟有孟良不信，乃曰："五将军，此事可疑。当日小人离双龙谷之时，本官部下尚有许多人马。既被其杀，岂无一人走漏者乎？此事未可便信。"五郎亦疑信不决。是夜秋风微动，月明如画。五郎披衣出帐外，观望星斗，见将星明朗，正照于双龙谷，自思六郎必然尚在。

次日谓九妹等曰："我夜观占星象，知汝兄无恙，今得一人通知消息才好。"孟良曰："小可复入谷中体探动静。"五郎曰："得汝去极好。"孟良径辞而去。九妹曰："孟良既去，小妹亦往左近访问其事。"五郎曰："汝去须用机密，勿被敌人测破。"九妹曰："自有方略。"即辞却五郎，装作打猎小军，行至天马山。路径丛杂，进入林中，却有番兵无数来到。九妹一直转山后而走，见着小茅庵，九妹抽身入庵中，恰遇庵主迎而问之曰："汝是何人？独自来此深山。"九妹答曰："实不相瞒，小可是杨家女流，盖为哥哥六郎被番兵所困，今来问访的实，走错路径，遇番人追逼，特投庵主相救。"庵主曰："此是番邦境界，汝缘何轻进？速卸去弓箭，取过道服穿着。"一时间，番兵都赶到庵中，捉住九妹。庵主曰："是我弟子在此出家，汝等何以捉之？"番兵曰："既是出家，因何带有弓箭？"庵主笑曰："汝等不知，我居此山，不时有猛兽伤人，适才弟子出外打猎而回，弓箭何足为怪。"番兵遂放了手，因曰："汝既能射，必有勇力，若斗得我众人过，则放汝。不然，定要捉去见我娘娘也。"庵主曰："汝等如何出此言？"番兵曰："近因南朝孟良过界，偷去骕骦御马，今下令各处巡视，恐防中国入界。我等疑他亦是细作，故要比试也。"九妹曰："师父且待，我与他比试。"言罢，即出草坪中比斗，番兵无一人能近之者。番兵斗他不过，各自回营去了。庵主曰："且待几日，我令人体问令兄消息，行之未迟。"九妹依允，就留止庵中不题。

第二十六回 九妹女误陷幽州 杨延德大破番兵

宋真宗咸平三年庚子岁起至咸平六年癸卯岁止,凡四年。

却说巡视番兵回幽州见丞相张华,道知天马山庵中有一壮士修行,端的弓马精熟,武艺超群,我等十数人不能近之。张华听罢大喜曰:“既有此人,当遣人领诰敕前往招他来见。”番官领命,赍诏敕复往庵中,见庵主道知其事。庵主与九妹商议曰:“幽州张丞相有诰命来召,汝肯去否?”九妹曰:“即来相召,安敢推辞?”庵主愕然,邀九妹往庵后谓之曰:“君乃女流,若被识破机缄,命亦难保,如何许其前行?”九妹曰:“蒙庵主相待,足知庵主好心。此去自有方便,内中用事,救得哥哥,亦机会也。”庵主曰:“亦宜谨慎而行。”

即日九妹辞庵主,与番官径赴幽州,进张丞相府参见毕。张华问曰:“壮士何处人士?须先通姓名,而后录用。”九妹答曰:“小可祖贯太原人氏,姓胡名元。幼年曾习武举,屡科不第,因弃家居庵修养。昨承钧旨相召,只得赴命。”张华听其言词清利,人物出众,不胜之喜,乃令人整顿净房一所,与其安止。九妹辞出,张华入后院与夫人商议,要将月英小姐招胡元为婿,夫人允许。

次日,张华命番官通知胡元,九妹曰:“此事大好,蒙丞相来召,但今宋兵在境,干戈未息,凭小可生平所学,建立微功,然后允之。”番官回报张丞相,丞相曰:“且看他武艺如何?”即整朝服入奏萧后曰:“臣招募得一壮士,英俊雄伟,要与陛下立功。乞宣授其职,以退宋兵。”萧后允奏,下命封胡元为幽州团练使,付兵五千,前助萧天右。

九妹得旨,拜命讫,领兵辞张丞相,径到澶州来与萧天右兵会合一处,屯扎西营。正遇杨五郎催军索战,九妹披挂上马跑出阵前,大叫:“宋将速退,免受其戮。”五郎马上认得,大惊曰:“贤妹如何在彼,引兵相争?”九妹打暗号曰:“五哥诈败,我自有计较。”五郎会意,舞斧便战,斗不数合,大败而走,九妹追上数里乃回。哨马报入萧天右军中:新降将大胜宋军一阵。天右大惊,即遣人请入帐中,商议破宋之策。营里番兵有认得九妹者,密启天右曰:"此人前日在宋阵中看六郎首级,元帅须用提防。"天右大惊,遂令番众拿下胡元。九妹不知其由,乃曰:"吾有杀退宋军之功,元帅何故拿我?"天右曰:"汝本南朝杨家之将,敢欺我耶!"不由分说,将囚车陷了,遣军解回幽州,见萧后具奏其情。萧后得奏,乃宣张丞相问之。张华奏曰:"臣亦未知其实,乞发下牢中,待擒得杨家将来,一同斩首。"萧后允奏,遂命将胡元监于狱中。正是:本为成谋全骨肉,谁知先自受悲辛。

却说消息传入三关,杨五郎闻知其妹有难,亟与众人商议曰:"六郎近闻无事,如今九妹被系狱中,当先设计救之。"军校陈林曰:"将军有何妙计?"五郎曰:"幽州右控西番,实唇齿之邦,吾诈作西番人马前去相助,萧后必信,从中举事,可救之矣。"

陈林曰:"此计极妙!本官先去,吾亦引军于中路相应。"五郎分布已定,扯起西番旗号,部军来到幽州,遣人通报萧后。萧后下命侍臣,宣进西番国统兵主帅入见。杨五郎承命,进于金阶,称呼毕,萧后曰:"有劳将军跋涉风尘不易。"五郎曰:"西番国王以娘娘与南军交战,胜负未决,特遣臣部兵相助。"萧后不胜之喜,即令设宴相待,亲举三觞,赐赉甚厚。五郎曰:"军情紧急,臣明日当出师以退宋敌。"萧后曰:"远来疲乏,尚待数日而行。"五郎谢宴而出,在城南扎营,下令军中乘番兵不知提防,当夜杀入皇城。众军得令,各整备不题。

是时九妹在狱中,得狱官章奴知是南人,十分相待,每要放他走脱,示遇其便。九妹因谓章奴曰:"蒙君相待甚厚,我适间占卜六壬课,今日当脱此难,君不如同奔南朝,当有报也。"章奴曰:"我有此心久矣,只缘无人提携,既将军肯带下官同去,今夜可越狱而出。"九妹整点停当。将近黄昏,左侧城南数声炮响,杨五郎引七百头陀杀进城中,如入无人之境,后面军马一涌攻进,四下鼎沸。近臣报入宫中:反了西番国军马。萧后大惊,亟令紧闭内城。当下杨五郎先杀入狱中,恰遇九妹从狱中杀出,番官各自逃生,那一个敢来争锋?被中国人马蹂踏而进,杀死番兵不计其数。五郎与九妹左冲右突,大闹了幽州城，放火烧着南门，复军杀奔澶州。萧天右不知军从何来，部下大乱。耶律第一骑先出，正遇五郎，两马相交，战不两合，被五郎一斧劈落马下。陈林、柴敢接应夹攻，天右不敢恋战，弃营逃走。杨五郎骤骑追之，萧天右回马力战，二人斗上二十余合，五郎挥起利斧，当头劈下，忽金光灿起，不能伤之。五郎曰："师父曾说番邦萧天右铜身铁骨，刀斧不能入。留下降龙咒一篇，嘱咐交锋则诵之。待我念动此咒，看是如何？"五郎才然诵动，忽狂风大作，飞砂走石，半空中降下金甲神人，手执降魔杵大叫：逆妖好好回去，饶汝万刀之诛。萧天右滚落马下，五郎再复一斧，忽声响处火光满地，不见了萧天右。一霎时天地清朗，月色如昼。五郎杀入番营，提兵抄入双龙谷。孟良听得外面金鼓不绝，引众人当先杀出，正遇番将黄威显，一斧砍之。杨六郎等乘势突出，与五郎军马合为一处，杀得番兵四分五落，尸首堆积，夺其牛马无数。正值四更时分，五郎收军还往山寨安下。

次日平明，众人相见。六郎曰："若非哥哥出力救援，几被番人困乏矣！"五郎曰："九妹反为北番所囚，不施此险计，亦难保也。"六郎嗟呀不已。九妹曰："多得狱官章奴与我杀出狱中，被乱兵所伤。深蒙此人之助，难报其恩。"五郎因问被囚之故，九妹将庵中相救及往番邦之由，一一告知。五郎曰："深山幽谷，亦有此好人，可令人送缎匹往庵中答谢。"是时六郎于寨中广设筵席，犒赏诸将，酒至半酣，五郎曰："贤妹依前回去奉侍母亲，我亦领众转五台山，六弟用心守此三关，以承吾父之志。"九妹领诺。酒罢辞行。六郎亲送兄妹离寨数里之程而别。

不说九妹、五郎各自回归，且说六郎回到寨中，遣人送得万里云来还八王。八王笑曰："前日我不借马，非是吝惜，盖试孟良之能耳。今既得此捷，马亦无恙，真国家之福也。可令杨六将军下令军中，整饬戎伍，紧守三关，招募英雄，为进取之计。"

话分两头，却说宋真宗闻捷报杨郡马大胜番兵，与八王议曰："六郎新建奇功，当何以报之？"八王曰："陛下须赐以犒军之礼，候再立功则升官职。"帝允奏，即遣使臣赍赏花红、缎匹，前诣佳山寨犒劳六使部下诸将不题。

是日朝散，王枢密归至府中，自思杨家有此英雄，如何能遂吾志。一时无计，且请谢金吾来商议。差人去不多时，邀得谢副使到府中，分宾主坐定，茶罢，谢副使起曰："不知枢密见招，有何教诲？"王枢密曰："下官蒙主上顾宠，八殿下屡怀不平。前日下官因公务过无佞府，至滴水天波楼前，不曾下得马，被杨家大辱一番。待奏圣主知之，那八殿下又来放对。没奈何，思量不如辞官归乡，杜门不出，省得吃此烦恼也。"谢金吾听罢笑曰："王大人何以自隳其志？今朝中先朝旧相已皆凋谢，止有我数人而已。虽八殿下权势尊隆，不理政事，杨家父子并作无头之鬼，一门惟寡妇耳。先帝在日，重其恩典，起立无佞府、天波楼以引诱之，当今主上，宁以此当事耶？下官试往过之，若彼省改，则止。不然，即令手下拆之。"王枢密暗喜曰："中我计矣！"复以言激之曰："谢副使休要争闲气，若拆其楼，杨令婆必来相闹，圣上为他做主，我等反受辱矣。"金吾曰："且看下官为之，圣上若问，吾自有计策答奏。"王枢密佯意然之，因留酣饮。日晚，金吾辞去，王钦直送出府门而别。

第二十七回　枢密计倾无佞府　金吾拆毁天波楼

次日谢金吾摆列队伍，经无佞宅门首，过近天波楼边，令手下敲动金鼓，喝道连声，谢金吾端坐马上，过却楼前。正值杨令婆与柴夫人在厅上闲坐，闻府外乐声响亮，令人出府探视，回报谢副使竟乘马打闹而过。令婆怒曰："满朝官宰让得我杨家，谢金吾何等人，特来欺凌?"即令备车马趋朝来奏于帝，令婆以龙杖而入，真宗降阶迎接，列坐，因问曰："朕未有宣命，夫人造朝，将奏何事?"令婆起答曰："妾夫君蒙先帝厚恩，曾敕赐无佞宅、天波楼等第宅，处臣妾诸子，荣耀莫加，官宰经过者俱下马回避，非是敬老妾，盖重君命也。今者谢金吾动用鼓乐，不下马而过，分明轻慢陛下，欺侮老妾!"真宗闻奏，即宣过谢金吾入，责之曰："先帝遗旨，汝何独违？今夫人劾汝轻侮朝廷，罪将谁任?"谢金吾奏曰："臣非敢有慢国法，容奏其故。前日陛下以敕命旌赏杨六使，臣领敕经过天波楼，亦下马而过，斯时君命反甚轻亵，臣等以为相碍，正欲会同文武具奏，未敢擅进。且天波楼离无佞宅一望之地，实当南北要道，遇圣节朝颁之日，由此而过，深为未便。乞陛下拆毁其楼，使朝廷知所尊重，千载盛事也。"金吾奏罢，真宗默然。王钦迎风旨进奏曰："谢金吾所陈极当于理，且无佞宅离天波楼隔远，拆之诚便于事。"真宗曰："卿等且退，待朕再与文武商议。"令婆闷闷而出。私地王钦又力奏其事，真宗允旨，下敕就着谢金吾监众拆毁之。

旨敕既下，王、谢不胜之喜。消息传入府中，令婆与柴郡夫人议曰："不想谢金吾劾奏，朝廷要拆天波楼，王枢密互同主意。今圣上允其奏，此贼必来拆毁，若不能做主，深贻夫君羞也。"郡主曰："待入见殿下商议，再奏圣上，或能挽回天意。"令婆曰："事不宜迟，太郡当即往。"柴氏径辞令婆，来八王府中。相见毕，柴氏曰："主上听信谢金吾罔奏拆毁天波楼，且此创置乃先帝之命，望殿下念其父子忠勤于国,复奏止息其事,则杨家必深报德矣!”八王曰:“圣旨既下,难以即奏。且此楼不便于天使,主上有意去之。如今之计,谢金吾好利人也,汝归商议,多用金帛买贿与他,宽容数日。遇有机会,我当奏于主上。”

柴太郡领命辞归,见令婆道知买嘱之事。令婆曰:“若得此楼不拆,安惜金宝为哉!只恐谢金吾不肯接受。”太郡曰:“可令心腹付之,无有不接。”令婆然之,即整备黄金四十两、玉带一围,遣人于谢府来进用。果是金吾见杨府礼物,便自心动,乃作傲曰:“彼恃朝廷只在他一家而已,今日亦识谢某乎!”知心人刘宪进曰:“既杨家伏输,小心于枢副,正可做个人情,缓缓拆之。待朝廷意阻,若留得不动,则令婆正有孝敬在后,岂不两全其美。”金吾曰:“汝言有理。”遂受下礼物,遣人于杨府回复。令婆闻之私喜曰:“若金吾肯息此事,圣上必不深较。”仍遣人于八王府中缉探复奏消息。

不想谢金吾所受贿赂,已漏与王钦知道,乃力奏真宗,亟行是事。真宗得奏,复敕谢金吾作急回报。金吾领旨,不得已督率人夫,将天波楼上层拆去,尚留中层未拆。八王遣人报知令婆:圣意难回,可寻夜往三关与六使商议,则能计较。令婆得报,忧闷不已。八娘进曰:“母亲只得依八殿下所言,令六哥回来计较。不然,涓涓之势弗遏,恐后日无佞宅亦难保也。”令婆曰:“汝言虽是,谁去报知?”九妹曰:“小女曾识三关路径,愿走一遭。”令婆曰:“汝即去便回。”九妹装点齐备,辞母亲望三关而进。

时值五月天气,途中暄热。九妹趁早而行,不消一日到三关寨,见六郎道知谢金吾奏主上拆毁天波楼,母亲着兄寻夜回去计较。六使惊曰:“朝中文武不谏,八殿下亦坐视耶?”九妹曰:“八殿下力谏不允,是他着人来说,要与哥哥商议。”六使忧闷无已,密令九妹入后寨议曰:“我镇守此处关隘亦重,朝廷又无诏命,倘被知觉,则有擅离之罪。进退两难,如何处置?”九妹曰:“母亲立待哥哥,只得私离数日,待事定之后仍复回寨。”六使乃唤过岳胜吩咐曰:“吾母有大事商量,着人来召,只得私下三关数日,事定后即便到此。汝与孟良等谨慎边境,遵守号令。待焦赞问我所在,只说往眉山打猎未回,不可漏此风声与知。”岳胜领诺而出。是夜六使辞岳胜孟良等悄悄离佳山寨，望汴京而来。有诗为证：

单马宵征恨不平，君王何以重奸臣？
谁知祸起萧墙内，诈死埋名不忍闻。

二骑行了半夜，将近乌鸦林，忽一人跳出林外，拦住去路叫曰：“本官分付不与焦赞知之，我已听得多时。”六使大惊曰：“汝不守关寨而私来此！”焦赞笑曰：“本官亦是私离三关，如何反说我来？小可闻得东京最好光景，平生未睹，今日特要跟本官同走一遭。”六郎曰：“汝真恼煞我矣！此来正怕人知，汝心情又急，若到京城，必生出祸患，那时谁任其咎？作急归寨，回来重赏于汝。”焦赞曰：“若不允我去，先到汴京扬说将军私离三关。”九妹曰：“只一个人，哥哥便带他回去，叮咛勿使生事来。”六郎依九妹之言，带焦赞一同到无佞府中，入见令婆。拜礼毕，令婆见六使，汪然泪下曰：“汝父子八人投入中朝，于今凋零，只有汝在。先帝敬我杨府，建设第宅相待。今被谢金吾欺虐，奏毁天波楼。若不早为定计，后日无佞宅莫得安矣！”六使曰：“母亲勿忧，待不肖密进八殿下府中商议。我父子有死难之功，主上宁有相忘！”令婆乃令柴太郡等相见，太郡曰：“八王若肯主张是事，决有好消息。”六使然其言，因安顿焦赞在偏房居住，着府中军校防守，勿令出去生事。

时焦赞初到，亦且过得，一连数日，坐卧不住，与军校议曰：“我随本官到此，正待看汴京风景，今着人监守于我，莫若不来，犹得散诞。汝等若肯带我向城中游玩，多置酒食相谢。”军士曰：“去且无妨，只恐你生面，被人识破，那时连累着本官也。”赞曰：“自有方略，决不与人识破。”军校乃背了六使，开后门与焦赞出得无佞府，踏步望汴京而来，果然好一座城郭，有西江月词为证：

堪羡京师形胜，朱门十万人家。汴京自古最繁华，弦管高歌月夜。　　市列珠玑锦绣，风流人物豪奢。菁葱云树绕堤沙，真是堪描堪画。

焦赞转过仁和门，但见车马往来，人烟辏集，不觉失口曰：“若非本官挟带，安得见此光景！”军校惊曰：“汝胆好大，此处乃京城地面，

朕将率众将亲战番兵，溃围而出。”八王曰：“北兵众盛，陛下徒损威风，必不能出，只得紧守此城，以待救兵。”

番兵一连围困二十余日，城中危急，真宗亲自登城，望北骑周回围绕，水泄不通。八王曰：“陛下要脱此难，除得杨六使来，殄此丑虏如滚汤泼雪。”帝曰：“那里再得此人。”八王又奏曰：“可出赦书，遍行天下寻之，恐有六使也。”真宗不答，退入府中，自思八王所奏可疑，因召侍臣入内问计，侍臣齐奏：“杨六使消息，八王恐知下落，乞陛下发赦书于汝州究之。”帝允奏，问谁赍赦一行。王全节曰：“臣愿前往。”帝付与赦文，次日令李明送出，开了城门，李明先杀出，正遇番将耶律庆战败，全节乘势杀出重围，投汝州而去，李明退入城中坚守。

第三十回　八王赍诏求六使　焦赞大闹陈家庄

却说王全节赍赦文星夜投进汝州,见太守张济,道知“主上被困魏府,官军战败,今众臣保奏,赦了杨六使前罪,着部兵救驾。今某赍赦文到此,望太守作急根究其人”。张济曰:“六使犯罪,首级已献于朝廷,岂复有六使乎?今着下官根究,从那里寻讨?节使可急回奏,庶不误事。”全节忧闷不已,乃曰:“若不得此人,则主上之难万不能脱,下官亦难回奏。”张济曰:“君父有难,臣子何安?节使条要追究,除非到无佞府,可知消息,我汝州决无是人。”全节无奈,只得离汝州,径到无佞府来见令婆,道知圣上赦讨六使救驾之事。令婆曰:“小儿首级埋葬多时矣,那里复有此人?或众臣无计可施,设为此言,以安主上之心,节使可即回奏,勿误军情。”全节怏怏不乐。次日,只得单骑复来魏州,杀开血路,到东门大叫开城。李明听得是王全节声音,即开城杀出,救入城中。全节见真宗奏知:“汝州并无六使消息,臣又投杨府究问,皆道已死多时。”真宗闻奏长叹曰:“堂堂中国,遇朕有难之际,无一人敢提兵救援。”又问计于群臣,群臣对曰:“如此兵势,虽子牙复生亦无计可施。”真宗纳闷无地,寝食俱废。八王曰:“事急矣!臣只得亲往杨家取讨六使。如果不在,亦招藩镇来援。惟陛下与众将坚守此城。”帝曰:“军情事,卿不宜造次。”八王领命,帝仍令王全节、李明先杀开重围,保出八王而去。二人复杀回城中不题。

却说八王赍赦文径赴无佞府来见杨令婆,说知主上在危急之中,可着六使出来,商议救驾。令婆曰:“前日王节使来召,老妾不与其知。既殿下亲到,当令出来相见。”因令手下于后园地窖中唤出六使,堂上拜见八王。八王嗟呀良久,乃曰:“若非昔日之计,今日那得郡马?”六使谢曰:“多得殿下方便,恩无可报。”八王曰:“主上被困魏府,事势已急。今有赦书到来,郡马作急救援。”六使曰:“近闻三关之众，人各散去，如何能够即救？须小可前往寨中招集众人，方可议行。”八王曰：“事不宜迟，我进朝中调拨边师俟候，待君招集众将，一同进兵。”六使领诺。

八王既去，六使便辞别令婆，前往三关而行。正是：谁教豪杰依然出，直向铜台救驾回。六使一人在路行了数日，先往邓州界访问焦赞消息，并无下落。行到锦江，只见一伙僧家，唧唧哝哝而过。六使问曰：“汝等要往何处，都有不悦之意？”僧人曰：“君岂解其事。此地方有一颠汉，发作时便要吃人，官司没奈他何。他口称有甚么本官被朝廷所诛，但逢僧道，便拿去看经诵偈，那个敢违逆之？昨日来我寺中，着我等去作功果，超度其主，我众人只得赴命。”六使听罢，自思此必是焦赞，乃问曰：“此人今住何地？”僧人曰：“邓州城西泗州堂里，便是他居处。”六使曰：“我同汝等见之。”僧人引六使到泗州堂，正见焦赞卧在神案上，鼻息如雷。六使视之不差，近前摇醒。焦赞睡中起来，睁出一双怪眼，大声喝道：“那个不怕死的，却来相撩老爷！”六使喝曰：“焦赞不得无理，本官在此。”赞听罢大惊，径向前抱住曰：“汝是人耶？鬼耶？焦赞超度本官多时矣！”六使笑曰：“岂有白日之鬼来见汝乎！此间不是说话处，可随我来。”焦赞放手便拜，众僧人掩笑而散。六使引焦赞出城西桥，道知主上遇难，今八殿下领赦来召救驾，可速往三关，招集兄弟同往。焦赞听罢大喜曰：“我道本官被朝廷所害，撇得众人没主。今日又得相会，真是快活煞我也。”

次日，六使经过汝州，入府中拜见太守，道知八王领赦来取救驾之事。张济大喜，亦以王节度来由告知。六使曰：“军情紧急，我当往三关招集进兵。”张济然之。六使径辞张济出城，与焦赞望三关而行。路上二人各诉其本末，来到杨家渡，日正当午，遥望水势茫茫，傍无船只。六使等待多时，全没人渡，因令焦赞去问渡船。焦赞领诺，行至上流头，见船夫问曰：“劳汝渡过对岸，多奉渡钱。”船夫曰：“此渡是杨太保掌管收钱，那个敢私渡？汝要去，可往前面亭上见之。”焦赞听罢，径奔亭中来，正见一伙人在那里赌赛。焦赞近前曰：“借问渡船过岸，多奉船钱。”众人忽抬头，见焦赞生得异样，皆不答言。焦赞又小心问之。众人骂曰：“臭狗奴，说什么过渡过渡！”焦赞大怒，伸出一对硬拳，打得众人四分五落。正待向前打那太保，太保望后走去。焦赞回见六使，怒气未消。六使曰："汝又去生事来！"焦赞曰："今番好被那伙气也！分明有渡，不肯借我，反出恶言相伤，被我怒激起来，打散众人而去。"六使正没奈何，忽见强人各执短棍追来。焦赞曰："待结果此贼，以除其害。"径提大朴刀，当中杀来。那强人不能抵挡，后面杨太保出，与焦赞连斗数合，不分胜败。六使叫曰："不要相斗，愿闻壮士姓名。"杨太保抽回利刃，立于原地，焦赞亦住了手。太保曰："我乃邓州人氏，姓杨名继宗，小号太保。且问汝是谁人？要过此渡而令手下强取。"六使曰："小可太原杨令公之子六郎也。今主上被难，要往三关招集部下救驾，来到河边无渡，特借一时，壮士何故不允？"太保听罢，放下刀近前拜曰："久闻大名，未得瞻拜。今日幸见，甚慰平生。"六使扶起，太保即邀六使到庄上，设酒礼相待，乃曰："将军不弃，愿率所部同往魏府救驾。"六使喜曰："太保如肯相从，诚乃美事，有何不可？只待招集众人，便来相约。"太保领诺，是夕留六使宿于庄上。

次日，撑船渡过六使登岸，同焦赞望三关而行。时四月天气，途中酷热，古人有词为证：

翠葆参差竹成径，新荷跳雨泪珠倾，曲栏斜转小池亭。
风落帘衣归燕急，水摇扇影戏鱼惊，柳梢残日弄微晴。

二人行了半日，歇坐于柳荫之下。焦赞曰："本官且停待于此，我往前面问有酒店，沽一壶聊止饥渴。"六使允之。焦赞径往前来，没处寻酒店。正烦恼间，忽一伙人挑着酒肉而过。焦赞问曰："汝所挑酒肉肯卖乎？"其人曰："此是赛愿酒肉，如何肯卖！"焦赞曰："赛什么愿？"众人曰："前面有杨六使神庙，威灵显赫，乡村赖之以安。但有祈许者，无不遂意。今日特往酬谢。"焦赞听罢遂大笑。回见六使，道知其事。六使笑曰："那有此理？"焦赞曰："乡人道离此不远，当与本官访视之。"六使依言，与焦赞行来，果见一座庙宇，创造极是威仪。六使步入庙中，上塑着本身神像，脱然无异，两傍塑一十八员指挥使，香火十分旺相。六使指焦赞谓曰："此像塑汝，真乃相似也。"焦赞笑声道："本官更塑得真。我在邓州发颠吃人，原来这里供

第三十一回　呼延赞途中遇救　杨郡马大破辽兵

宋真宗景德二年乙巳岁起至大中祥符四年庚戌岁止，凡六年。

却说杨六使既见孟良，即欲转回山寨商议救驾。陈长者进前拜曰：“将军是谁？愿闻姓名。”六使扶起，将其本末道知。长者大喜曰：“久闻盛名，如雷灌耳，今幸有缘相遇。”因令百花娘子出来拜谢。六使看见，果是好个女子，淡汝素抹，体态端庄。虽然难比西施女，胜却寻常窈窕娘。焦赞见了，笑声曰：“孟哥哥你真没造化，撞着我等来到。若迟一日，亦得一宵受用矣。”孟良喝曰：“本官在此，休得妄言。”众人各掩口而笑。百花娘子拜罢，进入内去，长者亲把盏递与六使，意甚殷勤。是夕众人依次坐，尽欢畅饮。天色渐明，杨六使辞长者要行。长者取过白金十两，以为相谢之资，六使固却不受。与众人离了庄所，径望太行而来。有诗为证：

愁多不忍醉时别，想极还寻静里行。
谁遣同衾又分手，不知行路本无情。

六使行到山下，孟良先遣人入寨中通报。岳胜闻此消息，即引数十骑出半山迎接，恰遇六使，拜于道旁。六使进寨中坐定，众人齐拜贺毕。岳胜再拜曰：“只因本官得罪，致各人四散而去。今日复得相聚，是我众之幸也。”六使曰：“前事慢说。今主上被困魏府，声势甚紧，可作急准备救驾。”岳胜曰：“主上不以社稷为重，轻信谗佞，要致本官于死地。今幸皇天开眼，留得本官复在，不如只居此处，自称一国之君，图取快乐，何以救驾为哉？”六使曰：“我等尽忠报国，留美誉于后世。若占此一方，万代骂名，只是强徒而已。”岳胜不敢言，因设庆贺筵席。是日寨中大吹大擂，众人酣饮而散。

次日六郎遣人去招刘超、张盖等来到，只有陈林、柴敢未到。岳胜曰：“他二人复归山寨屯集，可着人报知。”六使乃遣刘、张前往。

不数日,陈、柴亦率部来到。时帐下岳胜、孟良、焦赞、陈林、柴敢、刘超、张盖、管伯、关均、王琪、孟得、林铁枪、宋铁棒、丘珍、丘谦、陈雄、谢勇、姚铁旗、宋铁鼓、郎千、郎万共二十二员指挥使,部下精壮八万余人。六使曰:"此足以胜敌。"先令人入汴京城报知八王,约期进兵,又令人往虎山寨会知杨太保。六使分遣已定,克日点集部将,旗上大书"杨六使魏府救驾"七字。一声炮响,大军离了太行山,但见枪刀荡荡,剑戟层层。时盛夏天气,南风微起,六使兵马正行之际,忽报前面一彪军到。六使令人探视,却是杨太保兵至。众人相见,一同进行。六使于马上见军容可掬,口占一律云:

复合英豪势更雄,万里风色送行骢。

此回专为安邦国,说与番人亟避锋。

大军将近澶州界,八王亦率部兵四万来会,六使不胜之喜。六使曰:"此行非惟救驾,殄灭丑类,平定幽州,在此一举也。"八王然之,遂驻扎澶州城中。次日,六使召岳胜谓曰:"主上被围已久,汝为先锋,亟进冲开一阵,使番将先挫锐气。"岳胜领命去了。又唤过孟良、焦赞曰:"汝率刘、张、陈、柴等各部共二万,分左右翼攻入敌之中军,须用力战。吾用后军继进,必获全胜。"孟良等亦部兵而去。六使分遣已定,与八王议曰:"臣与殿下,率精兵后应,诸将必能成功矣。"八王曰:"郡马此举,足能定霸。"六使辞不敢当。

次日,兵行之际,忽正北征尘蔽天,一彪人马来到。岳胜舞刀冲开其阵,番将刘珂不能抵敌,大败而走。宋军夺得囚车,送入六使军中,不是别人,乃是保驾将军呼延赞也。六使连忙打开放出,拜曰:"天教相遇,不然竟遭俘虏也。"赞曰:"老将被捉之时,屡欲报知主上来取足下,争奈军情严密,勿能达意。使今日不是郡马相救,几丧残生。"六使大喜,引见八王。八王曰:"此天子洪福也,故使将军遇救。"六使下令诸将兼程进发。

是时真宗在魏府,与众臣悬望救援消息,音问不通。城中粮草将尽,臣下皆宰马而食。番兵攻围紧急,势已危困。

却说刘珂败回见萧天左,称道中朝救驾兵到,抢去了呼延赞。萧天左大惊,即遣人哨探那一路救兵。哨马回报曰:"旗上大书杨家字号,来得甚是雄猛。”萧天左下令各营整兵迎战,分遣未定,前队岳胜军马漫山塞野而来。番将耶律庆列阵先战。岳胜大骂:“天兵已到,丑类尚不远遁,是欲自促其亡乎!”耶律庆怒曰:“中国君臣困死一半,汝来亦就戮耳!”岳胜拍马舞刀杀进北阵,耶律庆举枪迎之。两马相交,战上数合,番兵围裹将来。孟良、焦赞分左右翼攻入,番将麻哩喇虎举方天戟绕出助战。正迎着孟良,两马交锋。陈林、柴敢率劲兵从旁杀进。是时南北鏖战,金鼓连天,焦赞战得激烈,提利刃横冲北营,如入无人之境。恰遇番将刘珂来到,交马只一合,被赞斩落马下。宋骑竞进,万弩齐发。北兵阵势挫动。萧天左奋勇来战,杨太保一箭射落马下。土金秀望见,杀出救之而去。耶律庆料不能胜,斜刺杀出,岳胜乘胜追近前,一刀挥为两截。麻里喇虎溃围逃走,被刘超、张盖用绊索缠倒其马,向前捉住。师盖正待来救,被郎千、朗万杀倒,并将生擒于马上。孟良直突进东门敌楼,望见城下鏖战。节度使李明、王全节开门接应夹攻,北兵倒旗弃甲,如风卷落叶而走。宋兵长驱追击,杀得尸横山积,血流成渠。萧天左与土金秀率残骑垂首丧气,漏夜走回幽州去了。宋兵夺其营寨,掠得牛马辎重无算。盖此战成功有三机焉:一者番人攻围已久,志意寝懈;二者不意六郎尚在,兵势先夺其心;三者宋兵初来,锐气正盛,且又攻其勿备也。后人其诗赞曰:

宋运兴隆启圣明,英雄效命发长征。
番人弃甲抛戈遁,方显杨家救驾功。

时八王单骑先入城中,见真宗称贺曰:“赖陛下洪福,已取得杨六使救兵来到,杀得番众残戈败衄而去。”真宗曰:“朕脱此难,卿之功也。”因令宣进杨六使,拜伏御前。帝曰:“卿因误犯前罪,特悉赦之。今有救驾大功,朕决不有负。”六使顿首奏曰:“机会难得,宜乘陛下车驾在此,威风百倍,臣率所部直捣幽州,取萧后地图以献,永息边患,此千载之盛举,乞准臣奏。”帝曰:“卿言甚善,奈车驾久出,壮士疲困,须待回朝议之。”六使退出军中,以所捉番将尽行枭首号令不题。

次日,帝以代州节度使杨光美为魏州留守,下令各营班师回汴。

军士得令无不欢跃,文武拥护车驾,离魏府望大梁而回。但见:旌旗动处黄龙舞,画角鸣时白昼闻。大军一路无词,不日到汴京,车驾进入皇城。翌日设朝,群臣贺毕,真宗以扈从文武久困魏州,各赏赉有差。宣六使入殿前,亲慰甚厚,因谓之曰:“三关赖卿以安,可统所部,仍镇此处,使北番不敢南下,是为社稷捍蔽。”六使奏曰:“臣正待再往佳山寨,招募雄勇,以图伐辽之计,未得圣旨,既陛下允臣立功,即便前行。”真宗大悦,加封六使为三关都巡节度使,旨敕一道,斩伐自由。六使拜命。帝于便殿设宴犒赏救驾将士,君臣尽欢而散。

六使径来无佞府,拜辞令婆起行。有子杨宗保,年纪一十三岁,欲随父同往三关。六使曰:“那佳山寨乃苦寒地方,去则无益,不如侍奉令婆,待汝成丁,即来取汝。”宗保乃止。六使辞别府中,与岳胜、孟良等军马前往三关进发。有诗为证:

大将征场得胜回,旌旗云拥后车催。

须知此去存威望,径使皇家诏旨来。

三军一路无词,不日来到佳山寨。六使入旧营中坐定,众人参见毕。乃下令修整营栅,筑造关隘,分遣岳胜等为十二团练,各领所部整点枪刀衣甲听令。自是三关仍前兴旺,六使每遣逻骑缉探北番消息,与诸将自议征进之计不题。

第三十二回　萧太后出榜募兵　王全节兵征大辽

却说萧天左自败归之后，萧后日夜忧虑中国见伐，一日与群臣议曰："近日北兵败衄，又听得南朝将为征讨之计。今杨家人雄马壮，倘若部领北征，谁可抵敌？"道未毕，韩延寿奏曰："谚云：大国有征伐之兵，小邦有预备之固。今大辽宿将，老帅已不堪任，乞陛下效选举法例，出下榜文，招募雄勇，任其帅职，以备宋人来侵，则为长保之策。"后允奏，着文臣草招募榜文以进，曰：

大辽萧太后为招募英雄，以防国难事。盖闻兵以将为贵，将以才为能。今值大辽多事之秋，戎马相寻，干戈勿息。特出榜文，招寻各处豪杰。或有抱谋略于山谷，怀武艺于穷荒，搴旗斩将，攻关取城，不拘一技一能，可辅定霸者，咸集幽州。孤亲试其才，果能称职，即授重权，尊其爵位。故兹榜示。

萧后看罢榜文，即令张挂城门，招收英雄。有椿岩即日拜辞师父，震声如雷，走下北番，来到幽州城，正见各处壮勇团立于关门外看榜。椿岩踏进叫声："待我来揭榜！"众视之，其人生得面如枯铁，眼若金珠，身长一丈有余，两臂筋肉突起，类极奇异。守军以其揭了榜文，引进朝门来见萧后。萧后视罢大惊曰："世上曾有此怪貌耶？"因问壮士何处人氏，椿岩答曰："小臣祖居碧萝山，姓椿名岩。"萧后曰："汝有甚武艺？"岩曰："兵书战策，一十八般用法，无有不通。"萧后大悦，即与文武议封官职。萧天左奏曰："壮士初进，未见其能，陛下权封以中职，候其建立奇功，再议未迟。"后允奏，乃封椿岩为团营都总使，椿岩谢恩而退。

却说宋真宗以魏府之耻欲图报雪，召集群臣计议。八王奏曰："陛下以一统之盛，幽州一隅封宇，取之不难，争奈士马未集，尚待从容讨之。"帝未应，忽一人出曰："不乘此时进兵，更待何时？"众视之，乃光州节度使王全节，近前奏曰："臣有一计，可使北番拱手随即纳降。”帝曰：“卿有何计？”全节曰：“若起中国之兵，急难取胜，乞陛下敕澶州一路、雄州一路、山后一路，此三路乃幽州咽喉，易为粮饷。臣再提一旅之师，共四路并进，北番虽有雄勇之将，何能当之？”帝依奏，即敕三路出兵，以王全节为南北招讨使，李明为副使，部兵五万前行。全节得旨，克日领兵离汴京望幽州进发。

时初春天气，风和日暖。但见：路上野花无意采，林中杜宇动人情。大军来到九龙谷下寨，消息传入幽州，近臣奏知萧后：中国起四路兵马，声势甚盛。太后大惊曰：“不意其来如此速耶！”因问谁可部兵迎敌，道未罢，椿岩应声出曰：“陛下勿忧，臣举一人，退宋兵如摧枯拉朽，取中原犹反掌之易。”太后问曰：“卿举何人？”岩曰：“臣之师父，姓吕名客，现在宫门外，未敢擅入。若用此人退敌，何患不克？”后即宣进吕客于阶下视之。见其人物清雅，举止特异，自思此人必有奇才，乃问曰：“卿要来应募求进身否？”吕客答曰：“臣闻陛下欲与南朝争衡，特来相助一臂之力，取其天下。”后曰：“卿要多少人马而行？”吕客曰：“宋人善战者多，可用阵图斗之。依臣所论，幽州军马不足调遣，陛下须于五国借兵，可成大事。”后曰：“五国是谁？”吕客曰：“可修书一封，差使命往辽西卑鲜国，见国王耶律庆，献送金帛以结其心，问借精兵五万，彼必无推；又修书赍官诰往森罗国，赏赐国王孟天能，令他发兵五万相助；可又再遣一使进黑水国，许以成功之后割西羌一派谢之，令助兵五万，必定悦从；又差一使命赴西夏国，见国王黄柯环，说知中国利害，借兵五万；再着亲臣往长沙国，见国王萧霍王借兵五万。若得此五国兵来，仗臣平生所学，排下南天七十二阵，使宋君臣视之心胆碎裂，拱手归命矣！”萧后听罢大悦曰：“卿真子牙重出，诸葛复生。”即日封吕客为辅国军师、北都内外兵马正使。吕客谢恩而退。太后遣下五处使臣，赍金宝径诣卑鲜等国而行。当下领旨使臣分投进见，自是五国得赐敕赍，各无不悦从。卑鲜国王差黑靼令公马荣为帅；森罗国王差亢金龙太子为帅；黑水国王差铁头黑太岁为帅；西夏国王差公主黄琼女为帅；长沙国王差驸马苏何庆与公主萧霸贞为帅，各助精兵五万，陆续而来。不消数十日，都集幽州听候。近臣奏知萧后：五国兵马齐到。后宣进吕客问曰：“五国之兵已到，军师何以调遣?”吕客奏曰:“臣此行不是等闲,陛下再召回云州耶律休哥等,蔚州萧挞懒等,起倾国之兵,与臣提调,管取克服中原。”后允奏,即下敕于云、蔚二州,调回各处军马,以鞑靼令公韩延寿为监军都部署,土金秀以下并听调遣,统率二十五万精兵,合五国共五十万,随吕军师征进。韩延寿得旨,出往教场中操练齐备。越数日,云、蔚二州军马偕吕军师率五国精兵,令北番人马出幽州,浩浩荡荡,望九龙谷而进。此一去,有诗为证:

全凭兴国扶王策,解使英雄显智来。
三千世界风云失,七十天门战阵开。

北番兵马来到九龙谷,于平川旷野下寨,对面便是宋营。次日吕军师召集诸将吩咐曰:“三月丙申干支相克之日,吾将排阵,各人须要听令。如有后期者,先斩后奏。”韩延寿正曰:“军师令旨,谁敢有违!”

第三十三回　吕军师布南天阵　杨六使明下三关

吕军师取过阵图一张,吩咐中营骑军五千,离九龙谷一望之地筑起七十二座将台,每台令五千军守之。另外设立五坛,竖立旗号,按青、黄、赤、白、黑之色,内开甬道七十二路,往来通透,待筑完备时而后提调。骑军领旨前去,按图筑立。不数日,台、坛俱整齐,甚是完固,回报于吕军师,亲往巡视一遍。军师择定其日,下令诸将听调。三通鼓罢,五国军马齐齐摆列。吕军师先令卑鲜国黑鞑令公马荣率所部军列在九龙正南,摆作铁门金锁阵;分一万军各执长枪按为铁门,把守将台七座;又分一万军各执铁箭按为铁栓,把守将台七座;再分一万军各执利剑按为金锁,把守将台七座。马令公领旨,一声炮响,率军排列去了。有诗为证:

画角齐鸣阵势开,铁门金锁巧安排。
纵教敌将能擒破,除是神仙秘诀来。

吕军师仍下令,着黑水国铁头太岁率所部军,靠九龙谷右排作青龙阵,分一万军手执黑旗按为龙须,把守将台七座;又军一万分四队,各执宝剑,按为四个龙爪,把守将台七座;又军一万各执金枪,按为龙鳞之状,把守将台七座。铁头太岁领旨,率所部分布去了。有诗为证:

青龙阵势智谋深,百万雄兵亦凛然。
自是中朝豪杰在,敢驰骏马入南天。

吕军师又令长沙国苏何庆,以部下靠九龙谷右排作白虎阵,分一万军各执宝剑,按为虎牙,把守将台七座;又军一万手执短枪,按为虎爪,把守将台七座。再令耶律休哥屯军一万,守将台六座于前,按朱雀阵;耶律奚底屯军一万,守将台六座于后,按玄武阵,绕围左右,作犄角之势。苏何庆、耶律休哥等各领所部而行。有诗为证:

白虎交加阵势雄,前排朱雀将台中。

后居玄武藏机妙，敌国强兵不易通。

吕军师再遣森罗国金龙太子以所部军端守将台中座，按作玉皇大帝，坐镇通明殿；令董夫人装作梨山老母。再绕中台分军一万，各穿青、黄、赤、白、黑服色，按四斗星君；另军二十八名，披头散发，绕中台前后，按为二十八宿；仍令土金牛装为玄帝，土金秀手执黑旗，排成龟蛇，把守二门之北。金龙太子等各领旨部兵去了。有诗为证：

玉皇驾下列星君，阵势岿然智压群。

不得仙家亲降世，定教中国两平分。

吕军师又令西夏国黄琼女，以所领女兵手执宝剑，按为太阴星；萧挞懒率所部各穿红袍，按为太阳星；仍令黄琼女全身披挂，立于旗下，手执骷髅骨，遇军大哭，作为月孛星之状；耶律沙率所部巡视四方，按东、西、南、北斗结为长蛇之势。黄琼女等各引兵分布不题。有诗为证：

战鼓频挝势若雷，东西南北阵门开。

仙家摆作拿龙计，不想英雄识破来。

吕军师又令萧后单阳公主率兵五千，各穿五色袈裟，为迷魂阵，内杂番僧五百，为迷魂长老，遇交锋之际揽取敌人精神。单阳公主得令，引兵依法而行。有诗为证：

阵阵相连法甚奇，鬼神夜夜魂精迷。

分明一本安邦术，变作天翻地覆机。

吕军师下令耶律呐，选五千健僧，手执弥陀珠，按为西天雷音寺诸佛，另以五百和尚屯列左右，按为阿罗汉，总居七十二天门之首，以吞敌人威势。耶律呐领命而行。有诗为证：

堂堂阵势立方圆，万马争驰绕将坛。

若使英雄齐用力，尽教圣主定中原。

吕军师排完阵势，着椿岩与韩延寿督战，每阵中并观红旗为号，指挥迎敌。果是仙家妙术，世人莫测。七十二阵变怪奇异，昼则凄风冷雨，夜则河汉皆迷，好使人惧！正是：不有真仙开妙秘，如何能破鬼神机？

次日，椿岩以师父阵图已完，与韩延寿议曰："今宋兵列营于对垒，可令人下战书与知，看他如何出兵。”延寿然其言，即遣骑军来见宋将王全节。王全节批回战书。次日，引李明等出九龙谷平川之地邀战，望见正北一座阵势，如生成世界一般，大惊曰：“番邦必有奇才在军中，且未可即战。”道未罢，辽师椿岩、韩延寿二骑飞出，厉声高叫曰：“宋将若只斗武艺，即便交锋；如要斗文，试观吾阵。”全节顾李明曰：“北兵势锐，若与交战，终是不利。以阵图与言，回兵计议乃可。”明然其言。全节曰：“斗战，武夫效力之事，不足为奇。待再整阵图来破，方显高低。”椿岩笑曰：“任尔去排阵来战，吾不暗算汝也。”乃收兵回营。全节归至军中，谓李明曰：“阵势小可颇谙，未见今日之异，当具奏朝廷，速遣能将辨识。”李明曰：“事不宜迟，须速行之。”全节乃画成阵势图局，遣骑军寻夜往汴京奏知真宗。真宗看罢大惊，即遍示文武，无一人识得者。寇准奏曰：“臣视阵图，内中变化必多，除是三关召回杨六使，可识此阵，其他边帅恐不能识。”帝允奏，遂遣使径赴三关来见杨六使，宣读圣旨毕，六使领旨，与诸将议曰：“既主上有旨，当得赴命。”因令陈林、柴敢守寨，自率岳胜、孟良等二十二员指挥使，统领三军，离佳山寨赴京而行。此所谓明下三关也。君恩优渥，将帅威仪，较前兄妹私行，真有天渊之隔矣。有诗为证：

万战丛中争六合，千军队里定乾坤。
英雄自有平戎策，直指旌旗入阵门。

军马一路无词，不日到了汴京。六使以所部扎于城外，翌日随班朝见真宗。帝曰：“近因北征帅将进番人所排阵势图局，文武皆不能识，朕以卿太原宿将，阵图素熟，卿试看此为何阵？”六使承旨，接过阵图视之，奏曰：“臣视此阵必有传授，番邦无人能排此阵者，须容臣亲提士马临敌境看视，方明其理。”帝允奏，赐六使金卮御酒，即命起行。六使谢恩而退，即率所部离汴京望九龙谷进发。哨马报入王全节军中，全节听是杨六使到，不胜之喜，与李明等出营迎接。六使下马，与全节并辔入帐中坐定，二人各叙起居。全节曰：“近因小可北征，不想番家于对垒排下阵势，甚是奇绝。今得足下来此，想有定论。”六使曰：“主上以阵图视之，小可一时难明，还待出阵前观视，看他变化何如?”全节然其言,令具酒礼相待,夜静乃散。

次日,六使下令出军。岳胜、孟良等披挂齐备。鼓罢三遍,宋军鼓噪而进。北将韩延寿亦部兵列于阵前。杨六使端坐马上高叫曰:“北兵休放冷箭,待吾看阵。”延寿认得是杨六使,自思曰:“此人将门出身,深识阵法。”下令各营依红旗指挥,随时变化。番营得令,一声震响,阵图如山岳之势。六使于马上停视良久,谓诸将曰:“阵势吾曾排着几番,未曾见此变化。道是八门金锁阵,又多了六十四门;道是迷魂阵,又有玉皇殿。如此丛杂,如何敢破?只得回军商议。”岳胜等乃收军回营,北兵亦不追赶。六使归军中与全节议曰:“此阵果是奇绝,小可亦不能测。”全节曰:“君若不识,他人愈难明矣。”六使曰:“可急遣人奏知,御驾亲征,然后计议。”全节乃差人赴京奏知,真宗闻报,与群臣议曰:“杨家不识,其阵必非小可,朕只得御驾亲行。”八王奏曰:“此一回须用陛下监战,方可成功。”帝意决,竟下命寇准监国;大将呼延赞为保驾;八王为监军;敕沿边帅臣俱随征听调。旨令既下,诸将俱整备俟候不题。

次日,车驾离大梁,望幽州进发。时值夏末秋初。但见:旌旗卷舞西风急,斗帐凄凉夜色寒。大军一路无词。不日往九龙谷将近。杨六使、王全节等迎候于五十里外。真宗下令于正南驻营,诸将朝见毕。帝宣六使入御前,问其阵势如何。六使奏曰:“其势排得奇异,臣亦参不透,乞圣驾来观。”帝允奏,下令明日看阵。六使退出,吩咐各营整备不题。

第三十四回　宗保遇神授兵法　真宗出榜募医人

却说北番听得宋君亲到,韩延寿与椿岩议曰:“宋君车驾亲来,还当具奏请萧后车驾亦来监战,则诸将知所尊命,可建大功。”岩曰:“此言正合我意。”延寿即具表差人入幽州奏请。萧后得奏,与群臣商议。萧天左奏曰:“陛下此行乃图中原之大计,勿阻其请。”后大悦,因令耶律韩王监国,萧天左为保驾,耶律学古为监军,即日驾离幽州,大军浩浩荡荡,望九龙谷而来。韩延寿等接见,具言宋人不识阵势,及宋帝亲征之事。后曰:“卿等各宜用心建功,若得中原,高职寡人不吝。”延寿拜命而退。萧后立营于正北,分遣诸将翌日见阵。

平明鼓罢三通,正南宋真宗车驾拥出,将佐齐齐排列前后。对垒萧后亦亲部军而出,遥见黄纛下真宗高坐马上看阵。萧后跨着紫骅骝,立于褐罗旗下高叫曰:“宋君一统天下,尚有不足,屡欲图我山后九郡。今来决一雌雄,若破此阵,山后尽归中国。不然,还要中分天下。”真宗厉声答曰:“汝陋夷之地,纵归献于朕,朕亦无用处。量此阵又有何难破!”言罢,抽身还营,萧后亦退。帝回至帐中,召诸将议曰:“朕观其阵,变态极多,卿等不能识之,将何为计?”六使奏曰:“臣父在日,尝言三卷六甲兵书,惟下卷难晓,皆是阴文妖道之术,想此阵必出于下卷,臣母或闻其详。乞陛下召来问之可晓。”帝大悦,即遣胡延显赍敕命一道,寻夜前去。延显领旨,径赴无佞府见杨令婆,宣读圣旨曰:

> 朕以御驾北征,适因番兵排下一阵,阴阳变化,军中莫测。且番人口出不逊,必欲与朕争衡。朕立意要破此阵。惟夫人久在太原,得先令公之指示,当明其窍。特来宣召,闻命之日,即随使至,以慰朕怀。

令婆拜受命毕,款待天使,因问阵势之由,延显答曰:“前日圣上因与萧后对阵,言语颇厉,故来宣取大驾,立待回奏。”令婆曰:“明日即行。”胡延显辞出，次日，令婆吩咐柴郡主曰：“圣上来宣，只得赴命。勿使宗保知之。”太郡领诺。天使催促起行。令婆整点齐备，与胡延显离杨府径望幽州而去。

适宗保打猎回来，因问令婆何往。太郡曰：“入宫见宋娘娘有国事商议，数日便回。”宗保怀疑，径进城中体问，遇守北门军校，问曰：“曾见令婆过此否?”军校答曰：“侵早与天使赴御营去了。”宗保听罢，亦不回府，勒骑随后赶来。一路问讯，皆道过去已久。看看日色将晚，宗保一直行去，不想走差路径，来到穷源僻处，全没人烟。宗保大惊，欲待要再出，林深月黑，莫辨路途。正在慌急间，忽见谷中透出一点灯光。宗保随光影近前，见一所大房似庙宇之状，遂拴了马，连叩数声，里面有人开门，引宗保进入，见一妇人坐于殿上，两边仪从极是雄壮。宗保拜于阶下，妇人问曰：“汝何人，夜深至此?”宗保道知本末，且言因追令婆，走差路途至此。妇人笑曰：“汝令婆赴军中看阵，如何识得?”因令左右具饮食款留宗保，宗保亦不辞，开怀食之，却是红桃七枚，肉馒头五色。食毕，妇人取过兵书一本，付与宗保曰：“吾居此间近四百余年，未尝有人至此。今君到此，乃夙缘也。汝将此书熟玩，下卷内有破阵之法，可去扶佐宋主降伏北番，作将门万代公侯，不失为杨家之子孙矣。”宗保拜而受讫，妇人令左右指教宗保出路。天色渐明，左右曰：“此去一直之地便是幽州。”言罢而去。宗保在马上且惊且疑，出得深山，恍然人境，问居民此是何处，居民指曰：“前一座大山乃红垒山，内有擎天圣母庙，远年荒废，基址尚在。”宗保默然曰：“凡事不偶，此真乃奇遇也。”遂取出兵书玩之，熟读详味，不胜欢喜。后人有诗赞曰：

英雄何幸有奇逢，一本兵书术窍通。
此去定教扶圣主，将军真可倚崆峒。

却说杨令婆随天使到御营中朝见真宗，真宗赐慰甚厚，道知北番所布阵图之事。令婆曰：“臣妾先夫曾留下兵书，未知此阵载得有否?容臣妾与六使出阵观视。”帝允奏，令婆辞退。次日率六使及众将等登台观望其阵，但见刀兵隐隐，杀气腾腾，红旗动处，变化无穷。令婆细看良久，取兵书对之，不识在那款中，下将台谓六使曰：“此阵莫道我等不晓，就是汝父在日亦未见也。”六使曰：“似此如之奈何？”令婆曰：“我杨门不识此阵，他人愈难晓矣。”正在闷闷，忽报宗保来到。六使怒曰：“军伍之中，他来何益？”道未罢，宗保已进帐前，见父怒气不息，乃曰：“爹爹莫非为阵图不识而烦恼乎？”六使曰：“汝勿妄言，好好回去，免受鞭笞。”宗保笑曰：“我回去无妨，谁人为破此阵？”令婆闻其言，唤近身边问曰：“汝曾见此阵来？”宗保曰：“孙儿颇识阵图，试往观之，自有定论。”令婆遂令岳胜、孟良等保他登将台看阵。岳胜得令，引宗保登将台，瞭望良久，顾谓岳、孟曰：“此阵排得极巧，只可惜不全，破之甚易。”岳胜、孟良等惊问曰：“御驾前将帅云集，无一人敢正视此阵者，小本官何以识之？”宗保曰：“且回军中细说。”众人下了将台，岳胜入见六使曰：“小本官深明阵法，言破之甚易。”六使笑曰：“休听他胡说。”岳胜即出。宗保见令婆，道知阵图可破之故。令婆曰：“汝既能破，且问此阵何名？”宗保曰：“说起此阵，非等闲之比，自九龙谷正北布起，直接西南一派，都是按名把守，内有七十二座将台，筑开甬道，路路相透，名为七十二座天门阵。靠右侧黑旗之下，阴阴杳杳，日月无光，乃吞迷敌人之所，此一处颇难破之。其外尚有不全之处：中台玉皇殿前缺少天灯七七四十九盏；青龙阵下少了黄河九曲水；白虎阵上少了虎眼金锣二面，虎耳黄旗二张；玄武阵上欠珍珠日月皂旗一面。是几处待孙子依法调遣，破之如风扫残云，霎时即消，有何难哉！”令婆大惊曰：“吾儿何处得此妙诀？”宗保不隐，将所得兵书之事道知。六使听罢，以手加额曰：“此主上之洪福，使汝得此奇遇。”

次日六使进御营，道知此阵名，且言有不全之处，破亦容易。真宗大悦曰：“既卿能识此阵，当用何日进兵？”六使曰：“待臣与子宗保商议。”帝允奏。六使出到军中，召宗保计议。宗保曰：“彼以干支相克之日布阵，吾当以干支相生之日出兵。”六使然其言，下令诸将听候，不想真宗驾下王钦以阵图不全消息，遣人漏夜入番营报知。韩延寿接得大惊，急入奏萧后。萧后曰：“似此如之奈何？”延寿曰：“陛下可宣吕军师问之。”后即降敕，宣吕军师入帐中问曰：“卿排下其阵，缘何有几处不全？”吕军师自思彼军中亦有识得其阵者，乃奏曰：“果有未全，待臣按法添起，纵使轩辕复出，亦不能破矣！”后曰：“卿宜早设,勿使敌人测破。”吕军师出到场中,下令于玉皇殿上添起红灯;青龙阵上开起黄河;白虎阵内左右建起二面黄旗,当中设立金锣二面;玄武阵下竖起日月旗。分布齐备,已成全阵。正是:只因奸贼通谋计,惹起干戈大会垓。

却说杨六使分遣诸将,并依宗保指挥,择定其日,奏帝出师。帝闻奏,下敕各营并进。宗保复引岳胜等登将台观望,见天阵布全,无路可入,叫一声苦,跌落台下。岳胜大惊,连忙扶入帐中,报知六使,急令人救醒,问其缘故。宗保曰:“不知谁泄了军机,使番人知之。今阵图添设完全,除是真仙下降乃能破矣!”六使听罢,昏然闷绝,众人近前策起,不省人事。令婆放声大哭,众人恰慌。宗保曰:“令婆且慢啼哭,可请八殿下来计议。”令婆乃收泪,着人请得八殿下来到。令婆道知其由。八王曰:“既郡马有事,待奏知主上商量。”即辞令婆入见帝,奏知六使得疾之由。帝惊曰:“若使延昭不起,朕之江山奈何?”八王曰:“陛下须出榜文招募名医,先救好延昭,然后议出兵。”帝允奏,即出下榜文,挂于辕门外。

次日军校来报,有一老翁,揭取榜文。帝宣医人进于御前,问曰:“卿何处人氏?”老翁答曰:“臣居蓬莱,姓钟,名汉,人称为钟道士。近闻杨将军为阵图得病,臣特来救之,又解破阵。”帝见钟道士一表非俗,自思此人必有广学,乃令钟道士往视六使病症。回奏曰:“臣能救治。”帝问曰:“卿还用药医?用针灸乎?”钟道士答曰:“臣观其症,阴气伤重,只难为二味药品。”帝曰:“卿试言之。”道士曰:“须要龙母头上发,龙公项下须,得此二味来,可疗其病。”帝曰:“二味药出何处?朕好使人求之。”道士曰:“龙须不必远取,只在陛下可办。龙母头上发,须问北番萧太后求讨。”帝曰:“萧后朕之仇人,哪里去讨?若有他药代得,须出重金买办。”道士曰:“偏要此品来则可下药。”八王奏曰:“延昭部下皆能干之人,陛下出旨道知,或能有人求得者。”帝允奏,令钟道士且退,即着六使部下前去取药。令婆闻旨,与岳胜议曰:“此物可讨,只是难得机密人前去。”岳胜曰:“敢问老夫人有何计策?”令婆曰:“向闻我第四子改名木易,为萧后驸马。若有人通知其由,必能求得。”岳胜曰:“惟孟良最机密,可干此事。”令婆即召而行。

第三十五回　孟良盗走白骥马　宗保佳遇穆桂英

孟良慨然领诺,是夜来见钟道士,问要几多。道士曰:“汝去足可办事,其发不拘多寡。待求得后,可往御苑中,有匹白骥马,偷得回来,与宗保破阵。又有九眼琉璃井,亦在苑中,今青龙阵上九曲水皆是此井中化出,汝密将沙石填塞中一眼,其龙即旱无用,此阵易破也。”孟良领命,即偷出宋营。恰遇焦赞赶来,孟良曰:“汝来此何干?”赞曰:“因哥哥一个独行,我心不安,特来相陪同往。”良曰:“此行要办机密事,如何带得汝去!”焦赞曰:“偏哥哥机密,而我泄露耶?定要同走一遭。”孟良无奈,只得带他径到幽州城中安下。次日,良谓赞曰:“汝且留在店中,我探驸马消息即回。”赞领诺,良遂装作番人模样,入驸马府,见四郎道知本官染疾,求取药品之事。四郎曰:“此间缉探者多,汝暂出,容吾思计求之,过几日来取。”孟良领诺,仍复变形而出。四郎思忖半夜,心生一计,忽大叫心腹疼痛,不能停止。琼娥公主大惊,急令医官调治,愈称痛苦。公主慌张无计,问曰:“驸马此痛不止,曾用何药可疗?”驸马曰:“我因幼年战力过度,衄血留于心腹,往时得龙须烧灰调服,已好数年,不想今又发矣。”公主曰:“龙须中国可有,北番那里讨处?”驸马曰:“得娘娘龙发,亦可代之。”公主曰:“此则不难。”即遣人前诣军中见萧后,道知取龙发疗驸马之事。萧后曰:“既驸马得疾,服此可愈,我安惜哉!”遂剪下其发,付与来人而回。来人将龙发进入府中,驸马取些发烧服之,其病顿瘥,公主大喜。

次日,四郎将所剩之发藏下,恰遇孟良又来,便交付之。孟良接过,径回店中,付与焦赞曰:“汝将此物先去,我干事完日,随即还矣!”焦赞领诺,带龙发星夜出幽州去了。

只说孟良蓦地入御苑,向琉璃井边运下砂泥之类,将中眼填实。抽身出到马场下,正遇喂养番人在彼看守,孟良作番语云:“太后有旨，道此马将牝，着我牵出教场跨演。”守者曰：“请敕旨来看。”孟良身边假造停当，即便取出看验。番人无疑，遂付马与之。孟良骑出教场，勒走一番，将近黄昏，逃离幽州而行。比及番人得知，随后追赶，已走去五十里程矣。孟良偷得白骥马，走了一夜，回到军中，见钟道士，告知干完三件大事。道士曰：“不枉为杨家之部下。”

次日请主上龙须，与龙发按治，六使一服便痊。真宗闻道士医好六使，不胜之喜，宣入帐中问曰：“汝愿官职荣身，还是只图重赏？”道士答曰：“贫道麋鹿之性，不愿官职，亦不愿旌赏。贫道此来，非但调理杨将军，还要与陛下破此阵而去。”真宗曰：“卿若能建此功勋，朕当勒名于金石，垂之不朽。”道士曰：“此阵变化多端，一件不全，难以攻打。容指示宗保行之。”帝允奏，遂以钟道士权受辅国扶运正军师，除御营以下将帅并依发遣，不必奏闻。道士谢恩而退，来见六使。六使拜谢不已。钟道士曰：“尊恙幸得安痊，贫道当与令嗣破此阵图。”六使即唤过宗保，拜钟道士为师。宗保拜毕。道士曰：“军中调遣还要这几人来用。”宗保曰：“要者谁人，乞师父指示。”钟道士曰：“今胡延显往太行山取得金头马氏，率所部来御营听候；又差焦光赞往无佞府，召取八娘、九妹，并柴太郡；又令岳胜往汾州口外洪都庄上，调回老将王贵；着令孟良往五台山，召杨五郎。”分遣已定，胡延显等各领命而行。

却说孟良前往五台山来见五和尚，道知要破天门阵，乞下山相助之意。五郎曰：“前者澶州救吾弟，回后一意皈依佛法，忘却兵事，今日又来相扰乎！”孟良曰：“此为国家大事，非由于己。师父可念本官勤劳，勿辞一行。”五郎曰：“此番有二逆龙，昔在澶州降伏其一，尚留萧天左在。除是穆阁寨后门，有降龙木二根，得左一根可伏其人。汝若能求得此木与我作斧柄，则可成事。不然，去亦无益。”良曰：“既师父务要其木，小可只得往求。”五郎曰：“汝去索取此物来，吾当整备俟候。”良即辞五郎径往穆阁寨来，恰遇寨主乃定天王穆羽之女，小名穆金花，别名穆桂英，生有勇力，箭艺极精。曾遇神授三口飞刀，百发百中。是日正与部下射猎，射中一鸟，落于孟良面前，良拾得藏之，行未数步，忽有五六喽啰赶来，叫声好将鸟还我，饶你一死。孟良听得，停住脚步。喽啰近前一齐发作，被良打得四分五裂而走。良又行得一望之地，喽啰报与穆桂英，部众追来。良闻后面人马之声，知是贼兵赶来，取出利刃，挺身待之。一伏时，桂英追上大骂："诛不尽狂奴，敢来此处相闹耶！"孟良更不答话，舞刀相战，桂英举枪迎之。二人在山脚下连斗四十余合，孟良力怯，退步便走。桂英不赶，与众人把住路口。孟良进退无计，谓喽啰曰："吾将射鸟还汝，开路放我过去。"喽啰曰："汝来错路头，谁不知要过穆山寨者，留下买路钱。汝若无时，一年也不得过去。"孟良自思有紧急事，只得脱下金盔当买路钱。喽啰报与桂英，桂英令放路与过。

孟良离却此地竟回寨来，见六使道知五本官要斧柄，穆阁寨主难敌，又将金盔买路事诉了一遍。六使曰："似此如之奈何？"宗保曰："不肖与孟良同走一遭。"六使曰："汝恐不是其敌。"宗保曰："自有方略。"即日引孟良率军二千，来到穆阁寨外索战。穆桂英听得，全身贯带，部众鼓噪而出。宗保曰："闻汝山后有降龙木二根，乞借左边一根与我。破阵事定之日，自当重谢。"桂英笑曰："其木的有，赢得手中刀，两根都拿去。"宗保大怒曰："捉此贼人，自往伐取。"乃挺枪直奔桂英，桂英舞刀来迎。两骑相交，二人战上三十余合。桂英卖个破绽，拍马便走，宗保乘势追之。转过山坳，一支箭到，宗保坐马已倒，桂英回马杀来，将宗保活捉而去。孟良随后救应，寨上矢石交下，不能前进。良曰："汝众人勿退，须待思量着计策救出小本官。"众军依言，遂屯北关下不题。

却说穆桂英捉宗保入帐外，令喽啰绑缚之。宗保厉声曰："不必用苦刑，要杀便杀。"桂英见其青年秀丽，言词慷慨，自思若得与我成其夫妇，不枉人生一世。密着喽啰以是情通之。喽啰道知宗保，宗保自思半晌道：我要得降龙木，若不应承，死且难免，莫若允其请而图大计。乃曰："寨主不杀于我，反许成婚，此莫大之恩也，敢不从命。"喽啰以宗保之言回报，桂英大喜，亲扶宗保相见，令左右整备酒礼相待。二人欢悦，饮至半酣，忽寨外喊声大震，人报宋兵攻击。宗保曰："既蒙寨主不弃，还着开关与部下知之，以安其心。"桂英依其言，令喽啰开关说知，放孟良入帐中。良见宗保与桂英对席而饮，知是好事，乃曰:“小本官在此快活,众人胆亦惊破。”宗保以寨主相顾之意道知。良曰:“军情事急,当即回去,再得来会。”宗保欲辞桂英而行。桂英曰:“本待留君于寨中,既戎事倥偬,只得允命。”宗保径出寨来,桂英直送至山下,似有不舍之意。宗保曰:“倘遇救应之处,特来相请。”桂英领诺而别。后人有诗赞曰:

甲士南来战阵收,英雄到此喜相投。
非惟免祸成姻偶,从此佳人志愿酬。

宗保率众人回见六使曰:“不肖交锋,误被穆寨主所捉,蒙彼不杀,又与孩儿成亲,特来请罪。”六使大怒曰:“我为国难未宁,坐卧不安,汝尚贪私爱而误军情耶!”喝令推出斩之。左右正待捉之,令婆急来救曰:“我孙儿虽犯令,目下正图大计,还当便宜放之。”六使曰:“遵母所言,权囚起于军中,待事宁之后问罪。”孟良曰:“本官息怒,小本官结姻诚不得已,特为降龙木之故,望赦其囚。”六使不允,竟将宗保囚下。次日,良密入军中见宗保曰:“适见钟道士言,小本官后有二十日血光之灾,在此准折过,只得忍耐。”宗保曰:“吾之心事,惟汝知之。穆寨主英雄女流,且军中用得此人,必获大利。汝再往见之,一者求降龙木,二者着她来相助。”孟良领诺,即日径诣穆阁寨,见桂英说知本主特来相请,并要求取降龙木之由。桂英乃曰:“正待着人迎请汝主,我如何离得此地?速归拜上小本官,再不来时,我部众来斗也。”孟良听罢,愕然曰:“既寨主与小本官成其佳偶,正宜往军中约会,何故出不睦之言?”穆桂英怒曰:“当日我少见识,被汝引去,今又来摇舌,若再说,试我刀利否?”孟良不敢应,退出在外,思忖一计道:“若不用着毒心,彼如何辄肯下山。”至黄昏,孟良密往寨后放起一把无情火。正值九月天气,夜风骤起,霎时间烟焰障天,满谷通红,穆阁寨四下延烧。众喽啰大惊,齐来救火,被孟良提刀入桂英寨内,将其家小杀去一半。比及得知来赶,却被孟良砍伐降龙木二根,奔往五台山去了。

第三十六回　宗保部众看天阵　真宗筑坛封将帅

宋真宗大中祥符五年壬子岁起至八年乙卯岁止，凡四年。

却说孟良用火计焚毁穆阁寨，寻夜逃往五台山。天色渐明，火势已灭。寨之前后烧得七残八倒。穆桂英怒气填胸，便点部下军士杀奔宋营，报此仇恨。部长进说曰："此必孟良见寨主不肯下山，故行此计。今山寨凋零，家小抛弃，不如相助宋君，一者佳配完全，二者建功于朝，亦良会也。何必自伤和气耶？"桂英沉吟半晌，乃曰："汝言极是。"即命将寨中所积粮草，用车装载齐备，扯起穆阁寨金字旗号，率部径赴宋营中来。正是：只用奇计能成绩，引到英雄建大功。

骑军报入六使帐中，道知穆寨主部众来到。六使怒曰："深恨此泼贱勾引吾儿，致误军事，今日又来相惑耶！"即统步军五千出军前大骂："贱人好好退去，万事俱休。若不收军，汝命在顷刻。"桂英怒曰："好意来相助，反致凌辱之甚。"遂舞刀跃马直取六使，六使举枪交战，经数合，不分胜负。桂英欲生致之，佯输而走。六使纵骑来追，一声弦响，射中六使左臂，翻落马下，桂英勒回马捉之。此时岳胜、焦赞等皆不在军中，无人救应。桂英令将六使解回原寨，忽山坡后旌旗卷起，一彪僧兵截出，乃是杨五郎与孟良来到。桂英列开阵势，孟良拍马近前，望见六使高叫曰："本官如何被捉？"六使未答。桂英问曰："此是何人？"孟良曰："正是小本官父亲。"桂英惊曰："险些有伤天伦。"急下马，着手下解去六使，扶于上座拜曰："一时不识大人，万乞赦宥。"六使曰："汝且起来相见。"五郎等都会一处，合兵回至军中。六使令放出宗保。桂英拜见令婆，令婆不胜之喜曰："此女真乃吾孙之偶也。"因命具酒礼与五郎等接风。五郎见母，哀感甚切。令婆曰："此吾儿该有佛缘，不必过伤。留得汝母在时，终教相见也。"五郎收泪谢之。酒至半酣，人报岳胜、胡延显等取调各处军马皆到。六使大喜，即出寨迎接。有王贵、金头马氏、八娘、九妹等，齐入帐中

万,靠太阴阵而守,彼有军出来,乘势攻之。”八娘亦领兵而行。宗保分遣已定,与钟道士登将台瞭望。

却说金头马氏部兵从第九门喊声攻入,恰遇黄琼女手执骷髅来敌。马氏骂曰:“汝乃一国名将,为西夏王亲生女,部众远来助逆,不为正用,而居下贱之职,不识羞耻,而乃扬威来战。纵使成事,亦何面目回见汝主乎?”琼女被骂,无言可答,自觉羞愧,勒马便走。马氏见台上枪刀密布,亦不追赶,与八娘合兵而回。作何道理,且听下回分解。

第三十七回　黄琼女反投宋营　穆桂英破阵救姑

是时黄琼女到帐中自思：我千里部众而来，受如此耻辱。曾记得幼年邓令公作伐，将我许山后杨业第六子，因邓令公丧后，停却此姻。今闻宋军中杨六使，是我夫也。不如将所部投降中朝，以寻旧好，助破番兵，报雪此耻矣。计议已定，次日密遣部卒送书信投入马氏营来。马氏得书，迟疑未决，来见令婆道知其事。令婆曰："我几忘之矣。昔在河东，的有此议，盖因邓令公弃世，一向消息不通。"马氏曰："此女昨被羞辱，今日来降，决非虚诳，令婆可与六郡马商议。"令婆然其言，入见六使，道知琼女要举众投降，且言曾与结姻一事。六使曰："不肖幼年亦闻此说，争奈国家重任在身，非臣子会亲之日，还待殄灭北番之后，然后计议。"令婆曰："汝见差矣！今国家用人之际，彼要来降，欲与汝相认，若阻之，使有生疑，反为不美。今一举两得，有何不可。"六使依其议，即修书与来人，回信约定明日黄昏，内应外合举事，来人接书回见琼女，琼女看毕，心中大喜。

次日将近黄昏，下令众军整点齐备，忽阵外喊声大振，金头马氏率所部攻入太阴阵。黄琼女听知宋兵已到，部众从内杀出，正遇韩延寿部下巡阵大将黑先锋来到，与马氏交锋，只一合，斩先锋于阵内，北兵大溃。黄琼女与马氏合兵一处，直杀出北营。比及韩延寿、萧天左等部兵来追，却已离远了。二人悔恨无及而回。

且说金头马氏带黄琼女入军中，见令婆曰："已得琼女归降，又胜北番一阵。"令婆大悦，着与六使相见，众人都来贺喜。

次日宗保入禀曰："钟师父指示阵图，载说出入攻打之路，甚是分明。第三日甲子乃是破阵之日，乞大人奏知圣上亲来督战，则不肖方好调遣。"六使曰："汝自去裁度进兵之计，吾自去奏。"宗保退出，来见钟道士曰："攻阵何者为先？"钟曰："铁门金锁阵乃咽喉之地，正宜先破，次则便破青龙阵。"宗保曰："可差谁往？"钟曰："青龙阵须劳柴太郡，铁门阵必用穆桂英。”宗保曰：“桂英可行。吾母柴太郡有孕在身，如何破得此坚阵？”钟曰：“正以孕气胜之，管取无事。”宗保依教来见六使，禀知调遣之事。六使曰：“军令彼安敢违，争奈太郡有孕，恐有疏虞，如何是好？”宗保曰：“师父道无事，可令孟良助之而行。”六使允言，宗保即下号令，密书破阵计策与之。穆桂英、柴太郡得令，各率精兵三万，一声炮响，二支兵鼓噪而进。

先说穆桂英带领三万人马，吩咐一万兵各提火炮、火箭之类，候交锋之际，炮箭齐发；二万兵从九龙谷正北打入，绕出青龙阵后接应柴太郡之兵。众人依计而行。穆桂英扬声呐喊，分左右攻入铁门金锁阵，恰遇番帅马荣离将台，部众如天崩地裂而下。桂英虚退阵营一望之地，赚敌将近，两马相交，军器并举，二人战至十数回合，不分胜负。桂英部下各望甬道齐进。铁须爪一时并作，被宋兵放起火箭，尽皆射死。铁栓、铁根一十四门精兵来应，宋兵围绕而进，北军队伍乱窜，桂英奋勇前进，大喝一声，杆刀已下，马荣头已落地。宋兵乘势攻入，杀死番众不计其数，遂破其坚阵。桂英领兵直出青龙阵后，且看柴太郡如何破阵。有诗为证：

鼓众麾旗入阵丛，敌兵失算血流红。
从来圣主多灵助，致使英雄建大功。

却说柴太郡率所部三万来到青龙阵下，吩咐孟良曰：“依法所行，汝引劲卒一万，先夺黄河九曲水，杀从龙腹而出。吾引大众打入龙头，绕出后阵，与穆桂英兵合。”孟良领计先行。郡主分拨已定，喊声震天，攻进左阵。守将铁头太岁引所部离将台，厉声叫曰：“破阵宋将要来寻死耶？”柴郡主纵骑杀进，两刀相交，斗经数合，未分胜负。忽阵后一声炮响，孟良以劲军从龙腹杀出，北军溃乱。铁头太岁复兵来救，柴太郡乘势进击，龙须龙爪十四门精卒齐出，柴郡主与孟良前后力战，不觉日色将晡，郡主斗力已乏，冲动胎孕，在马上叫声“疼痛难熬”，部下军士无不失色，霎时间育一孩子，遂昏倒阵中。铁头太岁回马来捉，忽阵侧一彪军马如风雷驱电来到，乃穆桂英也，见郡主危急，努力来救，交马二合，铁头太岁化作一道金光而去，被血气冲破，桂英抛起飞刀，斩于阵中。番兵大乱，却被孟良从后杀到，屠劓大半，只走得一分回去。桂英向前救起郡主，以所生孩儿纳在怀中，遂破其青龙阵。后人有诗为证：

战阵才交势已危，桂英于此显雄威。
飞刀斩落妖元首，夺取英雄得胜归。

桂英已得全胜，回见六使，详述破阵之事，郡主且得平安。六使大喜，即令郡主入后营歇息，将儿子抱与令婆视之，令婆看罢喜曰："此儿面貌与兄宗保无异。"遂为取名杨文广，吩咐媪婆好生看养不题。

却说番帅韩延寿输了二阵，折了人马，急召椿岩商议。岩曰："彼纵能战，决难破我迷魂阵也。他若来时，管教片甲无存。"延寿曰："将军亦须用心提备，宋军中必多精通惯熟之人，万勿轻视。"岩曰："自有机变捉他。"言罢，径与吕军师商议去了。却说哨马报入宋营，北兵预防其阵，甚是完固。宗保谓诸将曰："彼势已动，正可依次攻打。"乃请钟道士计议进兵，钟曰："再破白虎阵，其外审机而战。"宗保曰："谁人可去？"钟曰："汝父可建此功。"宗保允诺，入见六使道知，六使曰："正须先声而进，以励诸将。"宗保退出。

次日，六使全身贯带，率骑军二万杀奔北营，攻入白虎阵内。番兵喊声大振，势如潮涌。椿岩先登将台，手执红旗麾动，番帅苏何庆遂开正虎阵门，率兵迎敌。恰遇六使耀武扬威而到。两骑相交，军器并举，二人战到三十余合，何庆佯输，勒马便走。宋兵乘势杀进。忽将台金锣响处，黄旗闪开，陡然变成八卦阵，霸贞公主引精兵围合而来。六使见门路丛杂，进退错乱，被何庆复兵杀回，困于阵中。六使左冲右突，北兵矢石齐下，不能出阵。败军急走报知宗保，宗保大恐曰："此事如何？"即召焦赞谓曰："汝速领兵五千，从旁道攻入，用石槌打损其锣，使虎无眼，则不能视，吾自有兵来接应。"焦赞发愤去了。又唤过黄琼女曰："汝部马军五千，从右门攻入，先把黄旗砍倒，使虎无耳，则不能听，其阵决然溃乱。"琼女亦领兵而去。又唤穆桂英曰："汝率劲骑一万，当中杀入，以救吾父。"桂英慨然而行。宗保分遣已定，自率岳胜、孟良等于对阵接应。

且说焦赞听得六使被困，声振如雷，率兵攻入旁道。正遇番将刘珂镇守虎眼,见宋兵杀来,下台迎敌,交马两合,被赞一刀砍死,杀散余众,将二面金锣打得粉花雪碎,乘势而进。适见黄琼女从右门杀来,一刀砍死张熙,截倒黄旗二面,与赞合兵抄入白虎阵后。苏何庆见阵势危迫,慌忙来应。穆桂英当先杀入,二人交锋不两合,何庆绕阵而走,桂英拈弓搭箭,一矢正中项下,何庆坠马而死。霸贞公主见夫有失,急待来救,不提防阵后黄琼女一阵杀出,手舞铁鞭,从背脊打下,霸贞公主口吐鲜血,单马走归本国而去。杨六使闻外面金鼓之声,料是救兵,从内杀出,正遇焦赞屠番兵就如斩瓜切菜。两下合兵,遂乘势破了白虎阵。有诗为证:

巍然阵势巧安排,谁想英雄测破来。

斩将屠兵成败决,中原诚是有奇才。

六使杀回本阵,宗保等接应而去。次日升帐,众将都来庆贺。六使曰:"彼阵果是奇异,战至半酣,不知去路,若救兵不至,我命几丧。"宗保曰:"既爹爹攻破了白虎阵,当乘势攻其玉皇殿,则他阵易破。"六使曰:"阵内藏机莫测,须仔细辨认,而后进兵。"宗保曰:"孩儿自有分晓。"即请令婆、八娘入帐中曰:"此一回敢劳婆婆与二位姑娘一往。"令婆曰:"此为王事,安敢辞却。"宗保曰:"阵内按有梨山老母,婆婆若去,先要擒捉此人,其他易攻。"令婆得计,率八娘、九妹前进。宗保又召王贵曰:"叔公可引本部从正殿打入,接应本阵。"王贵亦领计去了。宗保分遣已定。要看明日南北将交锋,自有下回分解。

第三十八回　宗保议攻迷魂阵　五郎降伏萧天左

却说令婆部众扬旗鼓噪杀奔玉皇阵。椿岩预下号令，摇动红旗。梨山老母乃董夫人，拍马来迎。两骑相交，兵器并举。二人斗上数合，董夫人勒骑而走，八娘、九妹两翼绕进，忽然阵内金鼓齐鸣，番兵团合而进，将令婆等困于阵内。王贵闻此消息，急引兵杀入前阵来救。恰遇北番巡营帅将韩延寿来到，挽弓搭箭，指定王贵心窝射来，王贵应弦而倒，部下马军被番兵杀了一半。败军走回报知宗保，宗保大惊曰："失吾正将，何以立功？"即遣穆桂英部兵五千前去救应令婆，桂英领计去了。又令杨七姐率步军五千抄入殿前破其红灯，则敌人不知变动，七姐亦领计而行。

先说穆桂英杀入北阵，望见内中杀气连天，纵骑突进，正遇董夫人力战八娘，八娘势渐危急，桂英架箭当弦一矢，射中其目，董夫人落马而死。乘势杀散围兵，救出令婆，八娘、九妹，合兵杀出。适遇杨七姐破了红灯，绕出通明殿前，与令婆等一同杀回。韩延寿见宋兵大胜，不战而退。宋军乃夺得王贵尸首回寨。宗保诸将接见，无不哀感。时王贵之妻杜夫人亦在行阵，见夫战死，号泣不止。六使曰："婶母勿忧，当奏闻圣上，旌表叔父之忠，报其功业。"夫人收泪谢之。

次日，六使进御营，奏知叔父王贵为破阵战死，乞陛下旌表之，以励后世。帝允奏，乃宣杜夫人入帐前抚慰之曰："王令公朕之爱臣，今闻战役，不胜怜惜。今夫人有子三岁，封为无职恩官，候成立之日，许其在朝任事；封汝为贞节夫人；谥赠王贵为忠义成国公，赐金银缎匹十二车。"恩命既下，杜夫人叩谢而退。翌日辞了令婆，装载所赐，径回洪都庄不题。

却说宗保来见钟道士再议破阵，钟曰："迷魂阵最为惨毒，乘今破之。"宗保曰："弟子在将台上观望，见北营吕军师善能决战，恐难胜敌。"钟曰："吾自有攻他计策，不必过虑。"宗保欣然辞退，即下令攻打迷魂阵。召杨五郎谓曰:“此行要烦伯父。”五郎曰:“当得效力。”即日率头陀兵五千,喊声杀入迷魂阵,正遇番帅萧天左阻住,二将交战,经十余合,天左佯输,放五郎入阵,单阳公主纵马舞刀来迎,不两合,公主拨马而走。五郎驱兵赶入,五百罗汉一齐向前,头陀兵奋前力战,将五百罗汉诛戮殆尽。耶律呐见宋兵势锐,麾动红旗,忽太阴阵放出一群妖鬼,号哭而来,头陀兵人各昏乱,不能进前。五郎大惊,念动神咒,急率众走回宋营,报知宗保。宗保得知曰:“师父曾言,此阵有妖术,须按法破之。”乃取天书来看:要小儿四十九个,各执杨柳枝打散妖妇三魂七魄。宗保知其意,即下令备此小儿之数,俱要戎装,唤过五郎谓曰:“烦伯父领此小儿入阵中,破之必矣!”五郎慨然而行。又唤过孟良曰:“汝部兵二万打入太阳阵,抄出其后接应本军。”孟良亦领兵去了。

且说五郎鼓勇当先,复引众攻入迷魂阵来,单阳公主不战而退,引敌兵入阵。杨五郎直杀进将台,耶律呐摆动红旗,妖氛迸起。四十九个小儿手执柳条,迎风而进,妖氛辄散。耶律呐慌乱,抛阵而走,五郎赶近前一斧劈死。五千佛子溃逃乱奔,头陀兵戒刀齐落,寸草不留。单阳公主措手不及,被宋兵于马上擒住。萧天左怒极,提兵来救,杨五郎冲出阵前,两马相交,连战二十余合,不分胜负。五郎抽出降龙棒,击中其肩,天左露出本形,乃是一条黑龙也。五郎绰起月斧,挥为两截,作二处飞去。按天左头截飞落黄州城,后称火离国王;尾截飞落铁林洞,后作河口军师,又乱中国不题。

却说是时孟良攻入太阳阵,恰遇番将萧挞懒,交马两合,被孟良一斧砍之。杀散余骑,直冲入后阵,接着杨五郎一齐杀回,遂破了迷魂、太阳二阵,诛剿番兵不计其数。有诗为证:

迷魂阵上妖氛甚,熊虎军中杀气高。

败北番兵风雾散,成功宋将血连袍。

五郎解过单阳公主入军中见宗保,道知破阵杀萧天左之事。宗保大喜曰:“破了此阵,其外不足惧矣!”因令将单阳公主押出斩之。穆桂英劝曰:“看此女容貌端严,且是萧后亲生,不如留她以为帐下号召。”宗保允言,遂放了公主,提调诸将破阵。唤过呼延赞曰:“有玉皇殿重兵尚多,汝装赵玄坛攻打其中;孟良装关元帅,焦赞装殷元帅,岳胜装康元帅,张盖装王元帅,刘超装马元帅,是五人击其左右,破他北方天门阵。”呼延赞等得令,各领兵五千去了。宗保分遣已定,与六使登将台观望。

且说呼延赞等整点齐备,扬旗鼓噪杀奔玉皇殿来。恰遇金龙太子,两马相交,二人斗十数合。太子佯输引入阵中,孟良、焦赞乘势杀入,恰近将台,真珠白凉伞下杀气隐隐,不敢突入。赞复率众绕过北阵,正遇土金秀将真武旗麾动,岳胜拍马先进,陡然天昏地黑,不辨进路,被土金秀生擒而去。比及焦赞得知去救,四下番兵围合而来,呼延赞见势不利,引众杀出,归见宗保,备述阵势难攻。及点视失去岳胜、孟良,正在忧闷间,人报二将已到,即召入问之。岳胜曰:“阵内奇变莫测,一时东南错杂,竟被番人擒获。若非孟良来救,几至一命不保。”宗保曰:“内有二十八宿,七七四十九盏天灯,都是变化之名。”乃唤孟良谓曰:“汝明日去攻阵,可先偷去玉皇殿前真珠白凉伞,再着焦赞砍倒二面日月真珠皂罗旗,吾自有兵来救应。”孟良、焦赞领计去了。宗保入禀六使曰:“此一回必得圣驾亲行,敌住玉皇上帝,大人破其右白虎,还须八殿下破其左青龙;不肖自率劲兵破其正殿。”六使可其议,即入御前奏闻真宗。王钦进奏曰:“陛下万乘之主,何必亲劳圣驾。须着诸将前往,如不克敌,罪归主帅。”此乃王钦忌其成功,故以此言阻之也。真宗欲允其议,八王奏曰:“陛下此番盖为破阵,今遇成败将决之际,而有犹豫,何以励诸将士?皇上正宜躬往,使敌人望风而退,社稷之长计也。”帝意遂决,下命准备进兵。

次日鼓罢三通,孟良与焦赞领兵先入,无人敢挡。直杀近玉皇殿侧,孟良夺下真珠白凉伞;焦赞砍倒日月皂罗旗。正遇番将土金牛、土金秀二人杀到,与宋将两下鏖战。孟良怒极,一斧劈死金牛,焦赞斩了金秀,部下番兵尽被宋军所杀。后队杨六使拍马攻入,先射落四十九盏号灯,其阵遂败。二十八员星官一齐杀出,被孟良、焦赞尽屠戮之。金龙太子见阵势穿乱,单马逃走,宋帝架起翎箭,一矢射死于阵中。宋军竞进,宗保举发火箭,焚其通明殿,烧死番兵不计其数。孟良等合兵一处,遂破了玉皇殿。有诗为证:

玉皇殿势妙无穷，识破从交克战中。

北众凋残风落叶，君王一箭立奇功。

宗保下令曰："乘此破竹之势，诸将各宜效力。令孟良攻入朱雀阵，焦赞攻入玄武阵，六使、呼延赞攻入长蛇阵。"军令才下，孟良鼓勇当先，部众杀入朱雀阵来，正遇番将耶律休哥挺枪跃马来迎，两骑相交，二人战上数合，不分胜败，忽阵后一声炮响，刘超、张盖从旁攻入，休哥力不能敌，遂弃将台而走。孟良乘势追击，遂破其阵，时焦赞攻进玄武阵，遇耶律奚底，战上十数合，奚底败走，被焦赞赶近前，一刀斩之，杀散余骑，破了玄武阵。杨六使率众将打入长蛇阵，耶律沙见阵势俱乱，不敢迎敌，拖刀绕阵走出。宗保阻住，两马相交，未及数合，孟良、焦赞等从后杀来。耶律沙进退无门，拔剑自刎于马上。时宋兵倍勇，那个不要争功。宗保下令攻入北营。韩延寿见天门阵破得七残八倒，慌忙问计于吕军师。军师怒曰："汝去，吾自往擒之。"即率本营劲卒，如天崩地裂而来，霎时日月无光，飞沙走石，宋兵两眼个个蒙昧难开。宗保君臣困于阵内，番兵四合砍进。正在危急之际，钟道士看见，奔向阵前，将袍袖一拂，其风逆转，吹倒番人，天地复明。椿岩忙报吕军师曰："弟子今知事有分定，不可逆为也。"师徒沮丧而去。钟道士亦自转往蓬莱不题。欲知后事如何，且听下回分解。

第三十九回　宋真宗下诏班师　王枢密进用反间

时萧后正营尚有七姑仙、四门天王未破，宗保下令八娘、九妹、黄琼女、穆桂英部兵攻其七姑仙，杨五郎部兵攻其四门天王。众将得令，各引兵前进。八娘、穆桂英杀却番国独姑公主等七人。杨五郎驱众径入，杀死耶律尚、耶律奇四将。韩延寿知大势已溃，入营中报与萧后曰："娘娘速走，四下皆是宋兵。"后惊曰："吕军师何在?"延寿曰："昨已遁去，不知所之。"太后听罢，慌张无计，乘一小车与韩延寿、耶律学古等望山后逃归。杨六使知之，率众将急追。焦赞奋勇向前，赶上韩延寿大叫曰："作急纳降，饶汝一死。"延寿回马再战，不两合被焦赞擒住。孟良等竞进，番兵抛戈弃甲而走。萧后从僻路去了。此一回，正是：杨宗保大战南台七十二天门阵，杀死番兵四十余万，尸首相叠，血流满野，百年之后尚有白骨如山，观者无不惨伤。有诗为证：

白骨交加委塞墙，问人云此是征场。
停骖顾望添惆怅，晚带斜晖倍可伤。

宗保既获全胜，即收军还营。次日，坐牙帐，调集各处军马。步卒解进韩延寿，宗保骂曰："汝夸北地第一英雄，今日何以被囚乎?"延寿低头无语。宗保曰："留汝奸贼何用?"因命推出斩之。左右得令，绑之枭首讫。再录诸将破阵功勋，遣人追问钟道士消息，皆言：从破北营，竟不知去向。宗保始知其为汉钟离降世也。吩咐诸将各依队屯营，以候圣旨。诸将遵令而行。自是军声大振，远近惊骇。

却说杨六使以诸将功绩奏知真宗。真宗曰："候朕班师回京以议升赏。"六使奏曰："难得者机会，今番人大败而去，陛下车驾，长驱直捣幽州，取萧后舆图以归，万世之利也。"帝曰："今番人既去，军士久战力疲，今憩息以固根本，候回朝之日，再作区处。"六使乃退。越三日，帝竟下命：澶州三路军仍前退回，今恐坚关于九龙谷，留王全节、李明以所部镇守，其余征边帅臣，并随驾班师。旨令既下，军中无不欢忭。

平明，驾离九龙谷。杨六使为先队，杨宗保为后队，帝与众臣居中，三军迤逦望京师而来。正是：旌旗动处军声壮，万马嘶时喜气扬。不一日，已望汴京不远，文武迎车驾入禁中。翌日设朝，众文武朝贺毕，帝宣六使至御前抚慰曰："此举多劳卿父子，朕当论功升赏。"六使曰："皆诸将协力效命，臣愚父子安敢独受皇恩。"真宗命设宴犒赏征北将士，杨家女将皆领其席，是日君臣尽欢而散。次日，六使入朝谢恩。帝赐黄金甲三副、白马二匹、纻缎一十二车。六使当殿固辞。帝曰："此微报也，万勿再三推却。其余建功诸将，当计议超擢。"六使乃受命而出。归至无佞府，参见令婆，道及圣上恩典。令婆曰："吾儿久离三关，当复往镇守，以防番人不测。"六使依命，因令具筵席犒赏部将。宗保、岳胜等二十员战帅坐于左席，穆桂英、黄琼女、单阳公主等二十员女将坐于右席，杨令婆、柴太郡、杨六使居中，列位次而坐。是日庖人进食，士卒舞剑，众人开怀畅饮。酒至半酣，杨五郎起谓母曰："不肖佛缘未满，且喜吾弟建立大功，要我在军中无益，今日特辞母妹，再往五台山出家。"令婆曰："此乃汝之本性，去住但凭裁度。"于是五郎作别众人，领头陀自回五台山去了，不在话下。是晚酒阑席罢，诸将皆退。次早，六使趋朝奏帝：欲往三关镇守。帝大悦，降敕允六使前镇三关；杨宗保监军巡视京城。各各领命去了。

却说王枢密归至府中思道："自入朝一十八年，不曾与萧后建功立业。"心生一计，入奏真宗曰："臣蒙陛下收录，未有寸功。今北番败归以后，谅彼必畏我天威。今乞陛下允其降服，以杜他日之患。"帝曰："此言具见卿之忠爱。"即命武军尉周福同王枢密赍敕前往番地开读。二人得令，赍了敕文，望幽州进发。行至中途，王钦问于周福曰："此去道经何处？"福曰："有二路可进：一从黄河，一从三关寨。"枢密听罢暗思：若从三关经过，必被六使所捉，不如生个计较，向黄河经过。乃谓福曰："我尚有紧关文书失取，汝代我先往，我随后便到矣。"福不知是计，即允其言，竟赍札文先自去了。

且说王枢密单骑出黄河，已到太原府。镇守官薛文遇出郭迎接王钦，进府中相见毕，文遇问曰："枢密临此，有何公干？"王钦答以往大辽取纳降文书之事，"太守可遣备船只"。文遇曰："此事易耳。"遂调拨红船，送过黄河北岸，径望幽州去了。

再说周福带了军马，将近三关地界，被六使逻骑拦住，问曰："来者是谁？"前军报道："钦差王枢密往北番公干。汝是谁人，敢来阻截？"逻骑曰："前八殿下有关防来说，王枢密要通番，令我每着实防备，今果然矣。"众人一齐下手，报六使捉得细作王枢密到。六使大喜曰："此贼因我抬举，得至大官，不思尽忠，屡要起谋作乱。今日自堕网中，决难轻放。"众人将周福缚于帐前，两边剑戟如林，枪刀密布，惊得周福面如灰土，哑口无言。六使抬头一看，怒曰："此人不是王枢密，你每众人何得虚报，通该按律问罪。"周福方敢应曰："将军饶命，我乃周福也。"六使问其由，福曰："蒙圣上遣小官同王枢密往北番讨纳降文书，枢密因失落文书回取，令我先行，而被将军部下所捉。"六使笑曰："岂有出城而忘文书乎！此贼必知风，故设是计也。"因令放起，延入帐中相见。六使曰："汝记得昔日河东交兵潘仁美之事乎？"福曰："小可颇记忆之。"六使曰："汝乃吾旧知，可不必惊恐。"令具酒礼款待，营中一宵。次日送周福过三关去讫。

却说王枢密已进幽州，先着近臣奏知，次日朝见萧后。萧后一见王钦，怒气冲冠，拍案骂曰："奸佞之贼，我欲生啖汝肉以雪此愤，每思无计能获，今自来寻死！"喝令推出法场，碎尸万段。军校得旨，将王钦绑起。耶律休哥奏曰："娘娘且息雷霆之怒。彼今复来，必有长议。若待其言不合，斩之未迟。"后怒犹未息，耶律学古奏曰："王钦如樊笼之鸟，诛之何难？乞娘娘宽其罪戮。"后乃令放起，问其来意。钦惊复半晌，乃曰："臣自到中国，非不尽心，奈未遇机会。今宋天子要娘娘九州图籍尽归中华，又欲发兵北下。臣因北番败丧之后，不能迎敌，因请得文书来见，就内中图机会，以报娘娘之恩。"后闻奏，回嗔作喜曰："卿有何策能图中国乎？"钦曰："今幸宋廷良将俱各远遣，只有十大文臣在朝，娘娘可回书称说王钦官卑，不能达意，必须着大臣于九龙飞虎谷交纳九州文字，待其来，围而执之，再遣使奏知，挟令宋君中分天下，然后送还。宋君以大臣为重，必允所请，那时徐图进兵，管教成功也。”后曰：“谁人可往中国？”钦曰：“臣不惜一行。”后即令草表，着王钦带回。钦辞朝，离了幽州，望京师进发。半路恰遇周福军马，王钦道知见萧后复命之事。福大喜，即回军与王钦由黄河而归。不日到京，朝见真宗，奏曰：“臣领命入北境传旨，萧后欣然，愿纳九州图籍，因言此系重事，臣职卑陋，不能成久坚之盟，乞请十大朝臣于九龙飞虎谷交献，特令臣复命奏知。”真宗闻奏大悦，即下敕着廷臣准备起行。

第四十回　八殿下三关借兵　众英雄九龙斗武

时寇准、柴玉、李御史、赵监军等来八王府中商议。准曰:“此乃是奸人之计,若去,必有不测。”柴玉曰:“圣上所命,宁敢推辞。”八王曰:“列位无忧,此行须从三关寨经过,见杨郡马,借军助行,保管无事。”准等大喜而退。次日,十大朝官入辞真宗。真宗曰:“卿等此去,安社稷计也,当谨慎行之。”八王等领命出朝,离京望三关进发。先遣哨马报知六使,六使令孟良、焦赞于半路迎候。不日,八王与众人将近梁门关。一彪军马拦路,乃是孟良、焦赞等,高叫曰:“来者莫非八殿下否?”八王近前曰:“是谁拦路?速报与郡马知之。”孟良即下马,伏于路旁曰:“蒙本官差遣,令小可谨候多日矣。”八王遂与众官直进三关。又见一彪人马来到,却是六使自来迎接。八王见了六使,不胜之喜,并马入帐中。十大朝臣依次坐定,当下摆列酒席齐备,众官举觞而饮。酒至半酣,六使起而问曰:“不知殿下与列公到此,有何高论?”八王曰:“此来欲与郡马商议一场大计。近因圣上欲定北番,不想奸臣王钦领旨往见萧后,欲献九州图籍,以息干戈。萧后来表:必须十大朝臣诣九龙飞虎谷,则可坚此议。圣命已下,着我等前往。想此乃是王钦奸计,若只我等前去,正犹羊入虎口,岂能保全?今特来借兵助往,以破番人之谋也。”六使答曰:“日前下官正待擒此贼以除后患,不意从黄河渡而去。今既用此诈谋,欲欺中国大臣,小可当以赴应,务取丑蛮图籍以归。”八王听罢大喜曰:“有君调度,诚圣上之福。”是日众官尽欢而散。

次日,六使召过孟良、岳胜、焦赞、林铁枪、宋铁棍、姚铁旗、董铁鼓、丘珍、王琪、孟得、陈林、柴敢、郎千、郎万、张盖、刘超、李玉等二十余人,吩咐曰:“此行必要动干戈,汝众人须用心,保着朝臣前往。”岳胜曰:“本官所论虽是,倘北番认得我等,怀疑不来投降,岂不误了大计乎?”六使曰:“我有计策教汝:每人担箱子一只,俱装作随行之人。

箱内藏着军器,上面安顿朝冠、衣服。又用竹筒去其下节,上节贮水,下节藏枪棒。番人若问,只说带水来饮。若无事则止,倘有不测,临时机变而用。”岳胜等受计而退。

即日八王辞却六使,与众臣离三关,径望九龙飞虎谷进发。正值初冬天气,寒风拂面,鸿雁声悲。十大朝官于马上,见两傍横尸白骨交加,断戟残戈无数。八王叹曰:“昔汉、周于此交兵,使黎民肝脑涂地。”见者无不惨然,有诗为证:

两岸犹存战血红,当年豪杰总成空。
行人于此重嗟问,惆怅西风夕照中。

此时消息已传入北番。萧后遣耶律学古为行营总管,部精兵一万,先往等候。学古领命,率兵径赴九龙飞虎谷,于正北下寨。次日亲往谷中,巡视一遭,回军中谓牙将谢留、张猛曰:“我视其处,四下皆绝路,惟东边一匝平阳地,堪容五六百人。可于是地摆筵,以待其来,就中图事。”谢留曰:“总管此计极高。”道未罢,人报十大朝官已到。耶律学古吩咐军马远远回避,自出军前迎接。八王与学古马上施礼曰:“汝主自议要献九州图籍,将军意下何如?”学古应曰:“阵前不是议和所在,明日当于军中定夺。”八王应允而退,于正南安下营垒。

耶律学古回帐中,召谢、张商议曰:“吾明日要行楚霸王鸿门会上宴高祖故事,舞剑斗艺,就筵中决个输赢。汝二人宜用心立功。”谢留曰:“凭小可平生所学,须成总管此谋。”学古又召太尉韩君弼谓曰:“汝领劲兵一万于谷口埋伏,候有变动,即将宋臣围定。”君弼领计而行。学古分遣已定,一面着人于谷口备办筵席,仍差番卒持书诣宋营,见八王曰:“总管有命,请列位大臣明日面议纳降文字,并不得持寸刃相见。”八王得书看毕,亦回书与番卒不题。寇准进曰:“此行若非殿下有先见之明,带得郡马部下同来,决无善意。”八王曰:“今虽赴约,看他欲何定议。”众人既散。次日,耶律学古于谷口等候,遥望尘土荡起,宋臣各跨骏骑而来。将近面前,学古见无军马相从,心中暗喜,即邀众人进谷中,相见毕,学古举请十大朝官依次坐定。

八王曰:“萧娘娘肯归顺天朝,且不失一国之主,诚乃苍生之大幸也。”学古笑曰：“此意我娘娘本有，且待饮酒，从长计议。”因命番官进食，乐工品奏。是日帐前大吹大擂，南北臣僚相会而饮。时柴驸马坐于左正席，学古颇认得，问曰：“此位莫非柴先生否？”柴玉听得，即应声曰：“学生正是，将军有何高论？”学古曰：“汝记得先年进番家天字图入中朝，被公改天字作未字，萧后发怒而动兵戈，今日又有相会耶？”柴玉曰：“汝道差矣！我主上应天顺人，不数年间，克伏群雄，遂成一统之盛。惟汝北番，本越中国之远，未暇征讨，致汝君臣屡生变乱，戕扰生民，震动皇威。天阵一破，北骑倒戈而遁，那时我主欲长驱直捣幽州，与汝主面取图籍而归。盖因我等不忍军民再陷锋镝，竟劝班师。若萧后知顺逆之理，不听狂夫所惑，倾心归顺，犹保一邦。不然，堂堂中国，士马精强，安肯与外境称孤哉！改天字图之为，实出我手。事既往矣，何复言乎！”学古被柴玉说了一遍，略有难色。又问于右正席寇准曰：“曾记咸平年间，进贡锦皮暖帐，被公沉埋不奏，以致兵革相寻，岂大臣为君谋乎？”寇准厉声答曰：“我主上论治理政且无暇日，那里有心玩汝锦帐。今日欲与汝国结和议之盟，索九州文字来献，何必讲往事乎？”学古曰：“文字再日交割未迟，且教番官帐前舞剑，劝酒取乐。”八王曰：“顷言不许带寸刃以随。此又非鸿门宴上，何用舞剑为哉？”道未罢，谢留已应声而出，手提长剑于筵前抽舞。八王见势头不好，即叫：“随侍者何在？”孟良激怒向前曰：“北兵能会舞剑，中国无壮士耶？我亦对舞，聊助筵前一观。”言罢，挥过利剑与谢留两相交舞。耶律学古见孟良志气昂昂，自思此人必是将家，不可与之斗，辄曰：“舞剑没甚好处，且射箭为乐。”孟良曰：“要走马射、穿杨射，随汝意欲。”谢留曰：“走马射柳，人所常见，须奇巧而射。”孟良曰：“何谓奇巧？”谢留曰：“将一个活人缚在柱上，连射三矢，能避者便为妙手。”孟良听罢暗笑曰：“此贼要暗算我，先须杀之，以挫北番锐气。”乃应曰：“那个先射？”谢留曰：“我先射。”孟良慨然允诺，自令人缚于柱上，叫曰：“任汝连放三矢。”八王等看见，各有惧色。谢留离筵前一望之地，手拈硬弓，一矢放去，被孟良紧紧咬住；第二矢向项下射到，又被孟良一手拨开。谢留恰慌，再放一矢，要射其腹，不想孟良有护心镜，射之不入。十大朝官连声喝彩。众人解去其缚。孟良曰:“借汝与我试箭。”谢留无可奈何,亦缚于柱上。孟良满开雀弓,扣镞射去,不中番官。谢留自思:此人只会舞剑,不能射箭。乃曰:“任汝再放二矢。”孟良又放一矢,正中项下,谢留应弦而绝。正是:无能番士徒施勇,今日须叫箭下亡。耶律学古见谢留失手,大怒曰:“特要讲和,何得相伤!”喝声:众人擒捉!只见筵前转过番骑五六百,奋勇踏进。岳胜、焦赞等不胜怒激,各打开箱子、竹节,取出长枪短剑,一齐杀来。耶律学古知有提备,先自走了。众骑被宋兵杀死一半。孟良急保朝官出谷口,忽数声炮响,韩君弼伏兵齐起,将谷口截住。岳胜恐北兵紧困,力战得出。怎禁得番骑矢石交下,人不能近。后面又是绝路,四下山崖壁立。正是:虎落深坑无计出,龙坠铁网智谋疏。要知下落,且听下回分解。

第四十一回　杨延朗应付粮草　八娘子大战番兵

宋真宗大中祥符九年丙辰岁起至天禧元年丁巳岁止,凡二年。

八王与十大朝官被困于谷中,忧闷无计。寇准曰:“当辞朝之际,众人就知有难。如今只得忍耐,徐图脱去之计。”八王曰:“今粮草将完,援兵未至,倘番兵乘虚而入,何以当之?”孟良曰:“殿下请勿虑,待北兵稍缓提备,小可偷出谷口,回至三关招取救兵,殄此丑虏。”八王依其议,遂按甲不出。

却说耶律学古困了宋臣,与张猛议曰:“我等只坚守于外,彼虽有霸王之勇,不能出矣。”猛曰:“此计极高。恐中国知此消息,必有兵来救应。不如乘此机会奏娘娘自提大兵相助,则可成功。”学古曰:“君论诚高。”即遣番兵径赴幽州奏知萧后。萧后闻奏,与群臣商议。耶律休哥进曰:“既北兵困却宋臣,此好消息也。娘娘正须发兵应之,以图中原。”后曰:“近因丧衄而归,良将已皆凋摧,今无保驾先锋,何以征进?”道未罢,一人应声而出:“小将不才,愿保娘娘车驾,剿灭宋人而回。”众视之,乃木易驸马也。木易近前奏曰:“臣蒙娘娘厚恩,未酬所志,今愿保驾前行。”后大喜曰:“日前台官奏道:幽州当兴,该有扶佐者出。想应着卿矣!”即下命封木易为保驾先锋,率领女真、西番、沙陀、黑水四国人马共十万前行。木易受命而出。翌日,萧后车驾离幽州,军马浩浩荡荡,望九龙飞虎谷进发。不日将近,耶律学古半路迎接,进军中拜曰:“赖娘娘洪福,将十大朝臣困于谷中。近闻粮草将尽,不久被擒。臣恐中国发兵来救,特请车驾亲行,定取天下。”萧后大悦曰:“此回若图得十大朝臣,足可雪先年之耻。”遂以军马分作二大营屯扎:耶律学古统女真、西番兵屯正北;木易驸马统沙陀、黑水军马屯西南,作长围以困宋兵。学古等承命退出,自去分遣不题。

却说木易军马安西南营。是夜微风不动，星斗满天。木易在帐中自思曰："今十大朝臣困于谷中，北番人马若是之盛，彼如何得出？救兵虽来，倘粮草已尽，终难保其危险。"心生一计：修下书信一封，缚于箭头，射入谷内，令其密遣人出山后，赠他粮草几十车。准备已定，出帐前射进谷中。恰遇孟良拾得，却是一支响箭，知有缘故。揭开，系书一封，连忙递与八王观看：

中国杨延朗顿首拜知八殿下、十大朝臣列位先生前：兹者，北兵之盛，列位且莫辄离，恐伤锋镝无益。不久当有救兵来到。忍耐忍耐。今有粮草二十车，于九龙谷正南交付，聊作一月之给，须遣人搬取。此系机密重事，勿误勿泄。

八王看罢，不胜之喜，谓寇准曰："此书杨将军所报，有粮草于山后相济。北番全赖此人主兵，决保我等无事。"寇准曰："既有粮食，当遣人探视。"孟良曰："小将愿往。"八王允行。孟良即率健军十数人，乘夜来山后缉访，果见粮草二十车，孟良悉取至谷内。八王曰："粮食且幸有矣，若无救兵来到，终是险厄。汝辈计将安出？"孟良曰："殿下放心，小可偷出番营，入汴京求救。"八王曰："汝去极好，亦须仔细。"孟良曰："小可自有方便。"即辞八王，从山后走出。行将一里之地，被逻骑捉住。孟良力斗不胜，竟被绑缚，来见木先锋。木易故近前喝之曰："吾差汝回幽州见公主有紧关事报知，何为被人捉住？"孟良认诈应曰："天色未明，走差路径，致遭其捉住。"木易曰："亟走，便来回报。"左右连忙解放去了。孟良走出番营，喜曰："若非杨将军，今日一命难保。"自思欲往三关报知，必须申奏朝廷，恐日久误事，莫若去五台山请杨禅师来援，成功较易。即抽身径向五台山来，参见杨和尚。和尚问曰："汝缘何作番人装束？"孟良曰："特有一件紧急事告知师父。深恨萧太后用诡计，赚十大朝官，困于九龙飞虎谷，十分危急。今承八大王命，欲往三关取救兵。自思恐日子缠久，有误大事。五台山去彼咫尺之程，乞师父一行，同扶国难。"杨五郎沉吟半晌，叫声孟良曰："我与汝不是冤家，何故屡次相恼？"孟良曰："小可非为一己之私，亦看本官分上。师父不去，若十大朝臣被害，吾师心上亦难自安。"五郎曰："本待不去，奈八殿下分上，只得部众前行。”原来五台山近关西地方，出凶顽之徒，但有犯法该死者逃去寺中为僧，五郎即收用之，故所向无敌也。当日杨和尚点集寺中一千余人，准备起行。孟良曰：“师父前往。小可再往三关，报知本官同来救援。”五郎应允。孟良即辞下山，寻夜到寨中见六使，道知朝官被困之事。六使曰：“我一面兴兵赴援，汝急赍表入京奏闻。”孟良得令，带表连夜赴京，奏知真宗。真宗得奏大惊，宣上孟良问曰：“朝臣被困几时？”孟良曰：“将近一月，得杨延朗以粮食相济，方保无虞。今三关兵马已发，乞陛下再遣将救应。”真宗问廷臣曰：“谁可部兵前行？”道未罢，吓天霸王杨宗保奏曰：“臣愿往救。”真宗大悦，遂命老将呼延赞为监军，杨宗保为先锋，点兵五万征进。宗保受命而退，来无佞府辞令婆出师。令婆曰：“可着八娘、九妹同行。”宗保曰：“得姑娘相助极妙。”是日，众将整点齐备，孟良为前队，宗保中队，呼延赞率大军随后，径望九龙飞虎谷进发。但见：万马丛中军刀壮，三千队里显英雄。

哨马报入萧后军中：宋兵长驱而来。萧后即召耶律学古等议战。学古奏曰：“娘娘勿忧，我这里有四国军马，何惧宋兵哉！待臣分遣迎战，务取胜敌。”后曰：“卿宜用心调度，不可造次。”学古领命而出，调着女真国王胡杰、沙陀国大将陈深、西番驸马王黑虎、黑水国王王必达都集帐下，吩咐曰：“明日宋兵交战，各人努力向前。若能胜敌，娘娘必有重赏。”胡杰进曰：“总管不必烦心，定教杀尽宋兵，方敢休戈息甲。”道声未罢，人报宋兵来到。耶律学古即部众列阵迎敌，遥见旌旗开处，马上一员勇将，乃是和尚杨五郎，高声骂道：“诛不尽辽蛮！好好退去，尚留残喘。不然，殄灭为齑粉矣！”耶律学古大怒，谓诸将曰：“谁先挫宋人一阵？”女真国王胡杰应声曰：“待斩此匹夫。”即挺枪跃马直取五郎，五郎舞斧还战。两下呐喊，二人战上数十合，胡杰力怯，拨马便走。杨五郎驱兵掩之。北阵王黑虎舞方天戟纵骑从中杀来，头陀兵分为两段，辽兵围裹而进。王必达提斧拍马，喊声而进。杨五郎见四下皆是番兵，冲突不透，矢石乱发。正在危急之间，忽西南征尘荡起，鼓角齐鸣，一彪军马杀来，乃八娘、九妹、杨宗保也。八娘一骑当先，正遇王必达。两马相交，斗经数合，九妹率兵从旁攻入,必达抛战逃走,九妹乘势追之,将近斜口,一将厉声喝曰:“逆贼早降,免遭屠戮。”乃大将呼延赞当头拦住。未经数合,必达被擒。宋兵竞进。孟良杀入北营,正值沙陀国陈深突到。两马相交,兵刃才合,孟良大声喝曰:“敌贼休走!”一斧劈落场中。杨宗保见南将连胜番骑,催动后军追击。八娘奋勇争先,迎住胡杰交锋,抛起红绒套索,将杰捉于马上。杨五郎勒马杀回,部下僧兵戒刀斩落王黑虎马脚,掀落阵中,宋兵齐向前擒之。

耶律学古见势崩摧,走入营中报萧后曰:“娘娘速走!宋兵英勇,四国将帅擒剿已尽。”萧后听罢,惊得心胆飞裂,撤营单骑逃走,耶律学古与张猛拼死救护而去。后面杨宗保驱兵追击。萧后正走之间,背后一军杀来,乃杨六使之兵长驱而来。番兵望见,倒戈逃遁。萧后仰天叹曰:“今日是吾当尽,汝众人善自为计。”言罢欲拔剑自刎。耶律学古曰:“娘娘勿慌。幽州尚有数十万雄兵,犹可克敌。只争咫尺之程,何乃便为自绝之计耶?”张猛曰:“娘娘从僻路奔走,吾去阻住敌兵一阵。”萧后乃止,与耶律学古望邠谷遁去。要知萧后下落,下回分解。

第四十二回　杨郡马议取北境　重阳女大闹幽州

杨六使鼓勇杀来，张猛纵马再战。未及数合，被六使一枪刺死。部下番兵，为三关壮勇屠戮殆尽。宗保军马赶到，合兵一处会议，要乘势赶去，遇木易一骑飞到叫曰："吾弟须调回人马，救取谷中朝臣。幽州精兵尚多，待我杀回，内中取事，一举可定。"六使然其言，即放木易军马杀过，部众攻入谷中。时韩君弼听知北军战败，撤围奔走。孟良拍马当先，正遇着敌将，两骑相交，一斧挥为两段。谷中岳胜、焦赞等乘势杀出，番兵死者不可胜数，遂救了十大朝臣。此一回，北兵败衄，折去四国人马共十二万，委弃辎重牛马无算，尸横散乱，血满长川。有诗为证：

北兵败衄势交横，断戟残戈日半曛。
过客莫言当日事，马蹄余血下荒坟。

杨六使调集军马，人人各上其功。六使下令将所擒番将尽皆斩首号令讫，八王等称贺曰："若非郡马救援，非惟朝臣不保，且损圣上威望也。"六使曰："圣上正以殿下被困，忧愁屡日，特遣呼将军与小儿部兵救应。已赖洪福，杀得他垂首丧气而去。"八王曰："阃外之事，君命有所不受。萧后屡为边患，可乘破竹之势，直捣幽州，取舆图而归，诚乃大机会也。"六使曰："殿下不言，小可正待禀知。四兄曾道幽州精兵尚多，彼今内中行事，正宜发兵应之，管教成功也。"八王曰："但凭主意行。朝廷重事，我当承受。"六使乃下令唤过岳胜、孟良、焦赞，部兵先进；八娘、九妹、杨宗保为前后救应；呼延赞保朝臣为监军。分遣已定，岳胜等率兵长驱而进。

是时萧后走归幽州，忧愤无计。耶律休哥进曰："胜败兵家之常，娘娘不必忧虑。城中粮草有十余年之积，精兵猛将不下数十万。宋军若退则止，倘再来侵扰，当与决一雌雄，成败未可知矣！"后曰："四国之兵，丧将尽矣，尚何望克敌哉？不如纳降，以救一方生命。"

张丞相曰:“娘娘何因此一败而自倒志气哉！大辽自晋朝以来,中国仰惧。今虽一时挫衄,犹足称霸。待宋兵再来,臣等背城一战,管取报仇。”道未罢,人报木易驸马杀回。后宣入问曰:“我正虑驸马被宋人所袭,何以后来?”木易奏曰:“臣屯正西营困住十大朝臣,比闻北兵战败,待出兵救之,谷中宋军杀出。那时娘娘车驾已离正营,臣力战宋将,故在后也。”后曰:“宋兵声势何如?”木易奏曰:“近闻得要来围困幽州,娘娘须提备之。”忽哨马入报:宋兵云屯雾集,将幽州城围绕三匝,水泄不通,乞娘娘作急定夺！萧后失色。木易曰:“娘娘勿虑,凭臣等一派军将,定将宋兵杀退。”后曰:“卿等用心迎战,不宜造次。”木易领命而退。

话分两头。却说河东庄令公,有女号称重阳女,盖因九月初九日诞生,故取是名。幼有勇力,武艺精通,曾许嫁与杨六使,奈因兵戈阻道,耽搁亲事。及闻十大朝官被困,就举兵来救,以寻旧约。当下兵行之际,哨报杨六使杀退了番兵,攻围幽州未下。重阳女听罢大喜曰:“得此好机会,见夫君必矣。”即率所部诣宋营,令人报知六使。六使猛省曰:“此事吾记得。值国事倥偬,音问不通。今既部兵来应,还当迎接。”遂令岳胜出军前迎候。重阳女轻身入帐中相见,六使不胜之喜。二人各诉往事,极尽缱绻。六使曰:“戎事未宁,待回见令婆,而后讲礼。”重阳女曰:“我初进,未立功绩,欲乘此机,暗投于萧后,内应外合,以成其事,郡马肯许否?”六使曰:“贤妻若能用心,成败在此一举也,有何不可?”重阳女欣然领所部一万冲开南阵,岳胜、孟良等虚作退遁之状。重阳女直至城下,高叫开城。守城军报入城中:有一女将,杀开南阵,特来救应。萧后闻报,即与文武登敌楼观望,见旗上大书“河东重阳女”,正在城下追杀宋兵。后辄令耶律学古开门接应,重阳女径入城中,参见萧后曰:“臣乃太原庄令公女孙。刘主深恨宋君见伐,遣小将相助,共取天下。”后大喜曰:“汝主刘钧若肯同心破宋,誓与平分中原。”遂令设宴于殿庭,款待来将。酒至半酣,重阳女起,奏曰:“宋臣围城紧急,臣率所部擒之,以为初见微绩。”后允奏,重阳女谢宴退出。

杨四郎自思:重阳女曾许嫁吾弟为亲,岂有来助番邦之理,内中必有缘故。乃奏萧后曰:“臣部精兵前助重阳女伐宋。”后曰:“得驸马同行尤好。”木易领命,出军中与重阳女商议进兵。重阳女曰:“宋兵虽众,破之亦易。驸马出北门先战,我引兵继之。”木易驸马笑曰:“依你所行,则幽州一战可破矣。”重阳女愕然曰:“驸马如何出此言?”木易曰:“休得相瞒,事同一家。”因将其本末逐一道知。重阳女喜曰:“本为郡马成此谋也,得君共济,何患不克!”亦将其来意说知。四郎曰:“事宜机密。萧后驾下精勇者多,须除去爪牙,然后方可进兵。”重阳女曰:“君有何计去之?”四郎曰:“明日出兵,令上万户、下万户、药义、药信等见初阵,汝率所部当先,斩此四人,遂引宋兵乘势杀入,唾手可取此城。”重阳女大然其言,先自准备出兵。木易因下令:上万户、药义领兵先战。万户得令,次日平明一声炮响,部兵扬旗而出。恰遇宋将岳胜,喝曰:“守死之寇,尚不早降何待?”万户骂曰:“汝等深入吾地,死在旦夕,尚夸大言乎!”即舞刀跃马直取岳胜,岳胜举刀迎之。二骑相交,战不两合,下万户、药义、药信从旁攻入,岳胜敌不能过,拍马退走。番兵乘势而出,重阳女部骑后进,大喝“辽众慢走”,手起一刀,斩药信于马下。药义大惊,措手不及,被岳胜回马挥为两段。孟良、焦赞率兵掩来,喊声大振。上万户被孟良所杀,下万户敌骑踏死。重阳女当先杀入,军宋随后继进。幽州城中,四下鼎沸。内官报入宫中,萧后听得自思:吾为一国君后,若被擒获,羞辱无地,不如自尽,以免玷污。竟走入后殿,解下戏龙绦,自缢而死。可怜番国萧君后,今日宫中自缢亡。

是时杨延朗进入禁宫,恰遇琼娥公主走出曰:“驸马快走,娘娘已自吊死,四下皆敌兵矣。”延朗曰:“公主勿慌,我乃杨令公第四子,诈名木易,蒙汝厚恩,决无相伤。”公主听罢,即跪告曰:“妾之性命,惟君处置。”延朗曰:“公主若肯随我回中国,即便同行,不然,难以强请。”公主曰:“国破家亡,驸马肯念伉俪,带妾同去,岂有不从。”延朗大喜,即令收拾金珠罗翠,装作几车,当先杀出。正遇耶律学古走入殿庭,木易厉声曰:“逆贼休走!”学古不知提防,被延朗一刀斩之。耶律休哥听知宋兵入城,削净须发,从后门越城逃走去了。

只说杨六使亲提士卒入城,扫净番兵,杀得尸横街道,血满城濠。

日将晡,乃下令禁止屠戮。八王等都进入城中,先问萧后下落,人报自缢死于后殿。八王令解下,停在一旁。宗保调集各军,驻营城东。

次日,八王、六使登殿庭点视宫室。众将解过番国太子二人,提得张华番官以下臣僚共四十九员,番将三十六员。六使俱令将槛车囚起,以候解京。当下诸将皆集,杨延朗进见八王曰:"小可寓居番庭十八年,今日得见殿下,甚觉赧颜矣。"八王抚慰之曰:"今日定幽州之功,皆出于将军。归见圣上,当有重封。何谓赧颜哉?"延朗称谢。六使曰:"幽州既已平定,还当张挂文榜,谕知各地方,务在悉安,然后班师。"八王依其议,着寇准草榜,传布四方。自是大辽郡邑,闻幽州已破,望风归附。不知此后如何,且听下回分解。

第四十三回　平大辽南将班师　颁官诰大封功臣

越数日,八王于宫中大开筵席,犒劳诸将,众人尽欢而散。延朗进曰:“小可一事禀知,未审殿下允否?”八王曰:“将军有何见议,但说无妨。”延朗曰:“自居北境,蒙萧后盛意看承。今既死矣,乞将尸骸埋葬,庶报一时共事之德,使番人不以延朗为负义耳!”八王曰:“此将军盛德之事,当从所请。”是日席罢。次日,八王一面申报朝廷,一面下令以萧后尸首用王礼埋葬。有司奉行不提。后人看到此处,有诗赞曰:

盛德于人将德报,杨门豪杰几人同?
片言深仰番庭慕,为筑封茔一念忠。

六使进见,定议班师。八王允言,发遣诸将,分前后队回军。呼延赞等准备起行。寇准与众议留兵镇守幽州。八王曰:“留兵有二不便:一者南北杂处,统属不一,则有掣肘之患;二者离中国既远,作逆一时不知。莫若回京,徐定防御之策。”寇准然其言,即日大军离幽州,望汴京而回。但见:马上红尘随处起,途中箪食喜相迎。一路无词,不觉早到皇城。八王先遣人报知捷音。真宗遣文武出郭迎接,正遇八王等军马来到。文臣孙御史当先接见,并辔入城。六使人马屯扎郊外。

次早,八王领众臣朝见,进上平定北番表章。真宗览罢,龙颜大悦,抚慰众臣,甚加深意。寇准奏曰:“诚赖陛下洪福,杨六使父子兄弟一心为国,今已平定大辽,此乃不世之功。乞加封典,以奖其劳,则国家幸甚。”帝曰:“朕深知其功,当得封赠,候颁敕拟议。”八王等拜命而退。

是时杨六使与延朗回无佞府,见令婆,拜毕。延朗不胜哀感,乃曰:“思不肖一阵之挫,困辱北境遂将近一十九年。不想吾母皓发盈头,桑榆景迫。今日幸得相逢,悲喜交集。”令婆曰:“歧路无情,人生有此飘零。今既相见，足慰母子之望。可着公主相见。”延朗唤过琼娥公主，入拜令婆。令婆不胜欢喜。延朗曰：“此虽一时佳会，十分得赖提携。”令婆曰：“姻缘不偶，观此女子，真是吾儿之配也。”因令具席，以为庆贺之设。是日府中众人，依次坐定，欢饮而散。杨五郎仍领众人自回五台山去了。

却说王枢密见北番已败，恐祸将及，乃假装云游道人，漏夜走出汴京。直待近臣奏入，真宗乃知，大怒曰：“此贼屡起反意，朕以故人相待，不忍深罪，今又背朕而去。”急聚群臣商议。八王奏曰：“王钦罪恶滔天，不容于诛。想其出城未远，陛下可令轻骑追捕。”帝允奏，即敕杨宗保率捕兵追之。宗保得令，率兵径出北门，问守军：曾有王枢密过去否？守军曰：“适见一道士慌忙出去，莫非是也？”宗保得其实，特骑赶来。时枢密走到黄河渡，见艄人，连叫曰：“汝若急渡吾登岸，多将金宝相谢。”艄人听得，遂撑船近前。王钦跳下船，艄人举棹而行。才近东岸，忽然狂风逆作，将船仍吹下来。一连如此三次，不能及岸。艄人曰：“风势紧急，难以过去，须待风息而行。”王钦愈慌，只得匿在篷下躲避。一伏时，南路征尘荡起，数十骑赶来。杨宗保马上厉声问渡夫曰：“曾见有一道士过去否？”渡夫未应，王钦低声曰：“应他已去多时，我便倾囊谢汝。”渡夫曰：“且道汝是谁人？明白告我，当得方便。”王钦不隐，将其本末道知。渡夫听罢，怒曰：“此处被汝在朝年年使吏胥打搅，正要报恨，没寻讨处。今日到落手中来也。”即将船撑近前，报知宗保。宗保差骑踏上船捉之，王钦急忙不能跳脱，竟被骑捆缚到岸，宗保解之而回。正是：善恶到头终有报，只争来早与来迟。正值真宗设朝，时文武皆集。近臣奏知：已捉得王钦回朝。帝令军校拿进殿前，面问之曰：“汝贼屡在朕跟前献谗佞，优容过多。今汝若走往他国，又将生患矣。”王钦低头无语，只乞早就刑戮。帝曰：“怕尔奸贼不死耶！”因问八王：当何以处之？八王曰：“陛下可设大宴，会集外国使臣，皆得预席，将此贼碎剐凌迟，以助筵前一观，庶使后人知惧。”帝允奏，遂下命着司官排列筵宴齐备，征召外国诸臣，两边依次坐饮。行刑军校将王钦绑缚于桩上，慢慢割下其肉，席中观者无不凛然。后人有诗断曰：

作孽年深祸亦深，试看今日戮王钦。
苍天报应无私眼，不使登行竟被擒。

王钦受苦难禁，不消数十刀，气已绝矣。帝令抛其尸骸于野，以彰奸臣。因谓八王曰："王钦往者所言，本有欺罔之意，而朕不觉，何也？"八王曰："大诈似忠，致使陛下不觉。今日王钦受刑，朝野皆为之欢庆矣。"帝然之。忽报大将呼延赞夜中风症而卒，帝闻报不胜哀悼，乃曰："赞自入中国，勤劳王事，未尝一日自安，真为社稷臣也。"因令敕葬，谥赠忠国公。后人有诗赞曰：

愤仇已雪出河东，为国勤劳建大功。
不意将星中夜落，令人千古恨难穷。

天禧元年二月，真宗以平定北番将士未及旌封，特与八王商议。八王奏曰："赏功怀远，帝王盛德事。今四方宁息，值陛下一统之广，使得谋臣勇将镇抚，诚为社稷长计矣。"帝曰："往者献俘阙下，朕犹未发遣。萧后太子臣僚，当何以处之？"八王曰："前幽州班师之际，寇学士等会议，欲留兵以镇守，臣以为不便。目今远人已服，陛下正当兴灭国、继绝世，放他还大辽仍自镇守，递年只取其进贡，则边境自安。唐虞之治，不过如是。"真宗大悦曰："非卿所论，朕不能及此。"遂下敕赦萧后二太子并所捉臣僚，俱令还国。敕旨既下，番臣大悦，诣阙稽首谢恩。旨赐北番太子金织蟒衣各一袭，赏赉甚厚。太子拜受命，即日率臣僚径回幽州不提。

翌日，真宗亲拟封旨，宣六使进殿，面谕之曰："卿父子破南天阵已建大功，朕未及升擢。今又有平定北番之绩。当旌封典，以报汝劳。"六使顿首曰："破阵平北之功，上赖陛下之福，下则军士齐心，臣区区微劳，何敢受赐？"帝曰："卿不必过谦，朕自有定议。"六使拜命而出。

是日，封旨辄下，授杨六使为代州节度使兼南北都招讨；杨宗保为阶州节度使兼京城内外都巡抚；杨延朗以取幽州功，授泰州镇抚节度副使；岳胜授蓟州团练使；孟良授瀛州团练使；焦赞授莫州团练使；陈林正授檀州都监；柴敢正授顺州都监；刘超正授新州都监；管伯正授妫州都监；关均正授雷州都监；刘琪正授武州都监；孟得正授云州都监；林铁枪正授应州都监；宋铁棒正授寰州都监；丘珍正授朔州都监；丘谦正授雄州都监；陈雄正授蔚州都监；谢勇正授凤州都监；姚铁旗授寿州都监；董铁鼓授潞州都监；郎千正授瓜州都监；郎万正授舒州都监；八娘授金花上将军；九妹授银花上将军；渊平妻周氏封忠靖夫人；延嗣妻杜氏封节烈夫人；穆桂英以下十四员女将俱授诰命副将军；其余有功将士，俱各封赏有差。且看承平之世若何，自有下回分解。

第四十四回　六郎议取令公骸　孟良误杀焦光赞

次日六使诣殿前谢恩，奏曰："臣部下皆蒙恩命，俱各赴任就职。惟臣老母在堂，乞陛下优容限期，不胜感激。"帝曰："卿既以令婆之故，朕亦不十分催促，须候再议旨而后赴任。"六使拜受命，退归府中。岳胜、孟良、焦赞、柴敢等都在府中俟候。六使召岳胜谓曰："今圣上论功升赏，授汝众人官职。幸值清平，各宜赴镇，以享爵禄，上耀祖宗，以酬所志。不宜造次而误限期。"岳胜曰："我等赖本官威风，建立微功，今日违舍而去，于心何忍！"六使曰："此君命恩耀好事，何必言离别之情？可将本部军马愿从临任者则带之同行，不愿去者，多以金帛赏令回家生业。但赴任之后，各宜摅忠为国，施展其才，不枉为生世之丈夫。当亟行，勿疑迟。"岳胜听罢，都来拜别，径赴任所。内中有愿从军士，即日同去，不从者回乡一半。当下只有孟良、焦赞、陈林、柴敢、郎千、郎万六人，候待六使离京然后起程。孟良曰："今众人已各赴任，尚有三关寨守军未知消息，本官须令人报之。"六使然其言，即着陈林、柴敢、郎千、郎万往三关寨调回守军，仍将积聚载归府中。陈林等领命而行，不在话下。

时维九月，云汉轻清。是夜六使散步，于庭下闲行，仰望星河满天，追忆部下，口占长词一阕云：

> 惨结秋阴，西风送丝丝露湿。凝望眼，征鸿几字，暮投沙碛。欲往乡关何处是，水云浩荡连南北。但修眉一抹有无中，遥山色。　　天涯路，江上客，情已断，头应白。空搔首兴叹，暮年离隔。欲待忘忧除是酒，奈酒行欲尽愁无极。便挽江水入樽罍，浇胸臆。

六使吟罢，入西窗下，正待解衣就寝，忽扃外一阵风过，恍惚见一人立于窗下。六使即起视之，乃其父杨业也。六使大惊拜曰："大人仙久，何以至此？"业曰："汝起莫拜，我将有事说知。今玉帝怜我忠义，故封为威望之神，已无憾矣。只我骨骸无依，当令人取而葬埋，勿使旅魂漂泊。”六使曰：“十数年前，已遣孟良入幽州，取回骸骨安葬了。爹爹又何言此？”业曰：“汝岂知萧后诡诈之事？延朗自知，汝今便可详细问之。”言罢，化一阵清风而去。六使痴呆半晌，似梦非梦，将近三更左侧，直待天明，入见令婆，道知其事。令婆曰：“此乃汝父英灵，特来相告。”六使曰：“可问四哥，便知端的。”令婆唤过延朗问曰：“夜来六郎见父，说道有骸骨在于何处，果有是事否？”延朗惊曰：“母亲不言，儿正要商议此事。自被北兵捉去后数日，番骑赍得吾父首级来到。萧后与众臣商议，正怕南人盗取，以假者藏于红羊洞，真者留于望乡台。往年孟良盗得，乃是假骸骨，除是台上的，是父真首级矣。今日六弟闻是消息，岂非吾父显灵迹耶？”令婆曰：“今既北番归顺，令人取之而回，有何难哉！”六使曰：“若令人取，又是假的矣。盖吾父北番所惧，彼将为威望之神，岂肯付之与归？不如仍令孟良盗取，则可得也。”延朗曰：“汝见甚明。”

六使即召孟良进府中，谓之曰：“有一件紧关事，着汝去干，须要用心。”孟良曰：“本官差遣，就便赴汤蹈火，岂敢辞哉！”六使曰：“吾知汝去，足能成谋。今有令公真骸骨藏于望乡台，可密往取回，乃汝之大功矣。”孟良应声曰：“离乱之时尚能为是，何况一统天下，取则何难。”六使曰：“汝言虽是，奈番人防守严密，还当仔细。”孟良曰：“番人消不得一斧，本官勿虑。”言罢，慨然而去。

适焦赞听得府中众人唧唧哝哝，似有商议之状，乃问左右曰：“本官将有何事？”左右答曰：“侵早吩咐孟良前往幽州望乡台，取回令公真骸，欲议举葬也。”焦赞听罢，径出府外自思曰：“孟良屡次为本官办事，我在帐下多年，未有些须之劳，莫若随后赶去，先自取回，岂不是我之功？”遂装点齐备，径望幽州赶去。此时杨府无一人知觉。

先说孟良寻夜来到幽州城，将近黄昏左侧，装作番人，进于台下，适遇着五六守军问曰：“汝何人，敢来此走动，莫非细作乎？”良曰：“日前中国天子放北番君臣归境，着我近边戍卒护送。今事宁息，到此消遣一回，何谓细作！”守军信之，遂不提防。日色靠晚，孟良悄悄登台上,果见一香匣贮着骸骨在焉。良自思曰:“往年所盗者果与此不同,今日所得,必是真矣。”乃解出包袱,并木匣裹之,背下台来。不想焦赞随后即到,登台中层,手摩着孟良足跟,厉声曰:“谁在台上勾当?”孟良慌张之际,莫辨声音,只道番人缉来,左手抽出利斧望空劈落,正中焦赞头顶,一命须臾。比及孟良走离台中,并无动静,孟良自忖道:“守军缉捕者,岂止一人来乎? 此事可疑。”径踏近前,于星光下视之,大惊曰:“此莫非焦赞乎?”拨转细视,正是不差。孟良仰天哭曰:“特为本官成谋,谁知伤却自家。纵使得骸骨,亦难赎此罪矣。”道罢,径出城市,已是二更。恰遇巡警军摇铃到来,孟良捉住曰:“汝那一处巡军?”巡警应曰:“我不是番人,乃屯戍老卒,弗能归乡,流落北地,充此巡更之职。”孟良曰:“是吾本官之福也。”乃道:“我有一包袱,央汝带往汴城无佞府,见杨六使,必有重谢。”巡军曰:“杨将军我素相识,敬为带去。”因问公乃何人,孟良曰:“休问姓名,到府中便有分晓。”即解下包袱交付巡军,再三致嘱勿误。复来原处,背焦赞出城坳,拔所佩刀连叫数声:“焦赞! 焦赞! 是吾误汝,当于地下相从也。”遂自刎而亡。要看巡军见六使,真宗知孟良、焦赞之死,下回分解。

第四十五回　禁宫中八王祈斗　无佞府六使命终

可惜三关壮士,双亡于北地城坳,后人赞孟良曰:

英雄塞下立功时,百战番兵遁莫支。
今日城坳归主命,行人到此泪沾衣。

又赞焦赞曰:

匹马南关勇自然,斩坚突阵敢当先。
太平未许英雄见,致使身骸卒北边。

当下巡军接过包袱,半惊半疑,只得为藏起,到次早,偷出城南,径望汴京去了。

却说六使自遣孟良行后,心下怏怏,坐卧不安。忽夜睡至三更,梦见孟良、焦赞满身鲜血而来。二人拜曰:“重蒙本官恩德,未能酬答,今日特来相辞。”六使惊曰:“汝等何以出此言?”遂伸手扯住孟良,撇然醒觉,却是梦中。六使忧疑不定,挨至天明,忽府中人报曰:“日前焦赞赶孟良同往幽州。”六使听罢,顿足惊曰:“焦赞休矣!”左右问其故,六使曰:“孟良临行曾言:若遇番人缉捕,当手刃之。后不知焦赞后去,必误作番人杀之矣。”众亦未信。话巡军走入府中,见六使拜曰:“小人幽州巡更之卒,前夜偶遇一壮士,付我包袱,再三叮嘱送至将军府来。不敢失误,今特献上。”六使令解视之,乃木匣所贮令公骸骨。六使又问当时曾问其姓名否,巡军曰:“问之不言,仓卒而去。”六使令左右取过白金十两,赏巡军去讫,仍遣轻骑寻夜往幽州缉访。不数日回报:焦赞、孟良二尸俱暴露于幽州城沟,今以砂土瘗之而回。六使仰天叹曰:“值戎马扰乱之日,若非二人效力克敌,焉致太平?正好安享,辄自丧亡,伤哉伤哉!”次日入奏真宗曰:“臣部下孟良、焦赞,为事失误,已死幽州,乞陛下追还官诰。”帝闻奏,甚加伤悼,乃允六使所奏,仍下命,以孟良、焦赞有救驾之功,敕有司为筑封坟,谥赠二人俱忠诚侯之职。六使谢恩,退回府中。自因二人丧后，怅怅不悦，杜门敛迹，亦无心赴任矣。

却说八王于幽州回军，路感疾气，卧养府中。真宗不时令
问安。八王谓准曰："与先生辈相处数年，不意于此分别。"
下偶尔小恙，何足为忧？值今四海清宁，正须燮理朝纲
盛，如何出兹语乎！"八王曰："大数难逃，宁奈彼何哉！
奏帝，请效祈禳北斗之事，以保八王。帝允奏，着令
事。准领命去，请华真人建坛于禁中，依法祈祷。
曰："坛上天灯长明不灭，八殿下可保无虞。"寇
满，八王病体复瘥，满朝文武上笺称贺。适八
上殿，面谕之曰："得卿平复，社稷之幸矣。"八王奏曰：
当效犬马之报。"真宗大悦，命设庆筵，礼待文武，是日君臣
饮。日将晡，众臣宴罢，拥送八王出朝，来到东阙下，前导军校报入：有一白额猛虎，从城东冲入，百姓惊骇，今直进东阙下。八王听罢，出军望之，果见人丛列开，其虎咆哮而进。即令取过雕翎，八王拈弓搭弦，一矢射中虎项，其虎带箭跑走。众军急赶去金水河边，不见踪迹，回报八王。八王惊疑半晌，回至府中，旧病仍发，再弗能起矣。

却说杨六使忽感重疾，报知令婆。令婆与延朗、宗保、太郡等都来问候。六使对令婆曰："儿此疾实难自保。"令婆曰："待令医人调理，或可痊安。"六使曰："昨日当昼而寐，偶游东阙下，适逢八殿下与群臣退朝，殿下发狠弯弓放矢，正中儿之项下，便觉骨肢损痛，想是命数合尽。令婆善保身体，勿因不肖过伤。"又唤过宗保谓曰："汝伯延德，善明天文，曾对我言：国家杀气未除。汝宜忠勤王事，不可失为杨门之子孙。"宗保拜受命。六使嘱咐已毕，顾谓延朗曰："四哥好看承母亲，今兄弟中惟兄福而有寿，谨记勿忘。"言罢而卒，寿四十八。静轩有诗赞曰：

慷慨归朝志愿酬，将军正尔得封侯。
于今坟上无情土，野草离离几度秋。

令婆等哀号深切。汴城军民，闻者无不下泪。消息传入，御前文武官亦各悲悼。真宗叹曰："皇天不欲朕致太平，而使栋梁先折也。"道未罢，群臣奏知：八殿下听得郡马已卒，愤加危症，夜五更终于正

等会议,奏请八殿下

既弃世,当表其谥。

众人入奏真宗。真宗

王为魏王,谥曰懿;杨延

寇准等既退,有司承命而行。

世界可得长久,且看下回分解。

第四十六回　达达国议举伐宋　杨宗保兵征西夏

宋真宗天禧二年戊午岁起至乾兴元年壬戌岁止，凡五年。

却说西夏达达国王李穆，缉探天朝已破幽州，与群臣议曰："宋君混一土宇，北番又归中原。今欲乘本国人马精强，以图伐取，卿等以为何如？"左丞相柯白仙出班奏曰："谚云：事有可为而为之，则成功易；事有不可为而强为之，悔莫及矣。且中国一统之盛，谋臣猛将，连藩接境。往者北番自汉晋以来，每见尊惧。宋君御极，遂致干戈日寻，疲于奔命，竟被中国所灭。今西番控弦之众，不足以当大朝一郡。倘若兵甲一动，致怒宋君，长驱而来，岂不是惹火烧身，自取其祸哉，主上自宜详审焉。"道未罢，一将应声而出曰："不因此时进兵而取中原，尚何待耶？"众视之，乃羌氐人氏，姓殷名奇，使两柄大杆刀，有万夫不当之勇，更会呼风唤雨，国人惧之，号为殷太岁。部下一将名束天神，亦有妖法，能化四十九个变身，西番号为黑煞魔君。是日殷奇力奏正好乘虚伐宋。穆王曰："卿要举兵，有何良策？"奇曰："臣近闻中国将士凋残，杨六使已皆丧亡，沿边守将，武备不修，一闻烽警，人各望风而走。凭臣平日所学，声势及处，先教郡邑瓦解，兵抵皇城，管取一战成功，取宋天下，有何难哉？"穆王大悦，遂封殷奇为征南都总管；牙将束天神为正先锋；汪文、汪虎为副先锋；江蛟为军阵使，共统十万番兵征进。殷奇领命而出，将羌兵操练精熟，克日离西番从雄州进发。但见旌旗蔽野，杀气凌空。有诗为证：

凄凄杀气遮红日，金鼓声鸣势若雷。
徒恃英雄生怨隙，径教匹马不西回。

殷奇兵行数日，将近雄州，离城正南十里安营。镇守雄州者乃都监丘谦，闻知西番兵至，与牙将邓文议曰："此是西番听得吾之本官已丧，朝中无甚良将，故乘虚入境，来寇中原。今雄州军马单弱，恐难迎敌，似此奈何？"邓文曰："都监勿虑。城中有兵四千，留一半守城，吾同骑尉赵茂率兵二千，出城迎敌。”丘谦曰：“贼兵势重，公等不宜轻觑。”邓文曰：“无妨。”即与赵茂披挂完全，率兵扬旗开城而出。西番殷帅见宋兵出战，排开阵势，马上高叫：“宋将作急投降，必有重用，假若执迷，吾今十万羌兵，即将雄州踏为平地。”邓文一马当先，指而骂曰：“无端番逆，不知天命。大辽如此之雄，尚遭吾灭，汝西番旦夕不保，还敢妄想中原耶！”殷帅大怒，问谁出马捉此匹夫，只见左哨下一将应声而出，乃束天神，手执铁斧，纵骑直取邓文。邓文举枪迎战，四下呐喊。二人斗上三十余合，邓文枪法渐乱，赵茂拍马舞刀相助，天神力战二将，全无惧色。殷奇于马上挽起巨弓，一矢射中赵茂而毙。邓文见茂中伤，抛战逃走入城。殷奇挥羌众奋击，宋兵折去一半，遂乘势围了雄州。邓文下令紧闭城门，入见丘谦，道知西番兵锐，军尉赵茂中矢身亡。丘谦骇曰：“彼众我寡，势所不敌。今其困城紧急，可修表令人入京求救。”邓文曰：“事不宜迟。”即时修表，遣骑军夜深出城，星火来到汴京，投文于枢密院。

近臣奏知真宗，真宗大惊曰：“西番乘虚入寇，实乃大患。”亟聚文武商议，柴玉进曰：“臣举一人，可御番兵。”帝问是谁，玉曰：“三代将门豪杰，金刀杨令公之孙，官授京城内外都巡抚杨宗保也。若用部兵到彼，破之必矣。”帝大悦曰：“卿之所举，实称其职。”即下命封宗保为征西招讨使；呼延显、呼延达为副使；大将周福、刘闵为先锋，发兵五万，前退番兵。宗保领旨出朝，诣无佞府辞令婆出师。令婆曰：“曾忆汝父遗言：国尚有兵革。须尽忠所事。”宗保曰：“军情紧急，特辞令婆即行。”令婆分付：审机调遣，莫坠先人威风。宗保领诺，出教场中，催集军马齐备，克日离汴城望雄州进发。时值十二月天气，朔风寒冻，但见：鸿雁北来声惨切，征人西下怯穷途。中国人马浩浩荡荡，直抵焦河口，望雄州只争十五里之远。宗保下寨于崖口，遣人报知城中。

却说番帅殷奇闻知消息，吩咐部下大将：“宋之援兵，旗上大书杨宗保。久闻此人六使长子，文武双全，当时破南天阵皆其调遣。今部兵来到，汝等不可轻敌，各宜用心。若能胜之，中原不难取矣。”副先锋汪文、汪虎进曰：“不消元帅出阵，小可二人管教杀退宋兵。”殷奇即付精兵二万。次日，汪文于平州旷野列阵索战，遥望见宋军鸟飞云集而来。杨宗保马上厉声问曰："封境有定，何故来犯吾地，戕害生灵？"汪虎答曰："雄州近西番之地，为汝侵夺，不得不取。"宗保大怒，顾谓：谁先出马？呼延显应声请战，挺枪跃马，直取汪虎。汪虎舞刀交还，二人鏖战二十余合。汪文举枪来助，呼延达绰斧从旁攻入。汪虎力怯，跑马便走，呼延显激怒追之。杨宗保率后军继进，汪文抛战退遁。宋军竞进，番兵披靡。丘谦在城上望见西番战败，开东门接应，大胜羌兵一阵。宗保亦不追赶，收兵入城。

文虎率败众回见殷奇，道知宋兵势锐难敌。殷奇怒曰："些须宋人犹不能胜，尚望取其中原乎？"即欲引兵亲战。束天神曰："元帅稳坐，看小将立追敌兵。"奇曰："汝先见阵，吾亦随后接应。"天神领诺。次日平明，于城下扬威耀武搦战。忽东门一声炮响，呼延显、周福厉声骂曰："番逆丑贼，不即退兵，剿汝等无遗类矣！"天神大怒，纵马举方天戟，直取周福。周福舞刀迎敌。两骑相交，战不数合，天神佯输，引宋兵入阵，口念邪偈，忽狂风大作，飞沙走石，半空中黑煞魔君无数。周福大惊，回马急走，后天神复马杀来，一戟刺于马下。宋兵大败，死者甚众，呼延显慌忙走入城中，扯起吊桥，天神直杀至濠边而回。呼延显入军中，报知宗保周福战死之由。宗保惊曰："西番曾有此怪异！谁敢再出兵战阵？"道未罢，刘闵进曰："小将再见阵一番。"宗保允行，即付与精兵一万。

第四十七回 東天神大战宋将 白圣将阵斩张达

次日平明，刘闵率兵扬旗鼓噪而出。对阵東天神大叫曰:“杀败之将，今日又来寻死耶?”刘闵怒曰:“妖人急退，犹可延生，若执迷不悟，教汝片甲不回。”即舞刀纵马直冲西阵，東天神举方天戟迎战。二骑才交，天神拨马而走，刘闵乘势追击，未及一望之地，作动妖法，日月无光，狂风拔木，空中魔君无数杀来。刘闵大惊，措手不及，被天神回马一戟，刺死阵中。宋兵溃乱，自相践踏，死者不可胜计。天神又胜一阵，率众紧围城池。宗保又见刘闵战死，愤怒已甚，即下令整兵，务与敌人决胜。至次日，亲引呼延显、呼延达开城对垒。東天神排开阵势，上手汪文、下手汪虎。宗保坐于白骥马上，早望见番帅，生得面如青靛，眼若铜铃，须发似朱染就，甚是可惧。宗保骂曰:“逆贼作急回兵，饶汝一死，不然，屠汝辈如齑粉矣。”東天神顾问左右:此人是谁? 汪虎曰:“宋之主帅杨宗保也。”天神曰:“那个先战，以挫宋人之威?”汪文应声而出，举枪跃马直奔宋阵。宗保激怒，舞枪迎敌。两下金鼓齐鸣，喊声大振。战上数合，宗保奋勇一枪，刺汪文落马。汪虎见兄被害，大怒曰:“骨肉之仇，如何不报!”举刀跃马奔出阵来。宗保曰:“一发结果此贼。”遂挺枪迎敌。交马数合，宗保佯输而走，汪虎赶来，将近阵侧，挽弓一矢射去，汪虎应弦而倒。呼延显见主帅连胜，部众一拥冲来。两军合战，杀得天昏日惨，地震山摇。有诗为证:

烈烈旌旗灿若霞，咚咚金鼓急忙挝。
阵前杀气遮天暗，成败斯须属一家。

正斗之间，東天神口念邪咒，顷刻乾坤黑暗，走石飞沙，斗空中黑煞魔君各执利刃杀来。宗保惊异，先自退遁。番众掩击，宋兵大败。呼延达力战，与宗保走入城中。東天神部众拥到，呼延达进退不迭，竟被番人所捉，解进西营，来见元帅殷奇。殷奇分付将槛车囚起，下令部落分门攻击。

東天神进曰:“宋人虽挫一阵,吾众折去大将汪文、汪虎。只一座雄州,尚不能下,倘至中国,如何克敌?如今之计,可令人回本国,再着添兵相助,鼓勇南下,庶可成功矣。”殷奇曰:“汝言正合我意。”即遣骑部回奏李穆王,求添兵马助阵。王问曰:“近日西南兵势若何?”骑部曰:“西番部众虽多,斗死者亦不少。此时宋兵坚守雄州,师久乏粮。国主若再添兵攻击,破之必矣。”穆王与群臣商议,右丞胡天张奏曰:“臣有一计,使宋兵首尾不能相顾,自然退去。”穆王曰:“卿有何计?”天张曰:“可遣一人,直入森罗国借兵相助,许以和亲,彼必悦从。又遣使往黑水国,说以得中国之后割重镇相谢。若得二国兵出祁州以袭其后,却令三太子起正兵应其前,无有不克矣。”穆王从其计,即时遣使入森罗国,进上金珠,道知借兵取中原之事。国王孟大能与太子孟辛议曰:“西番求援出兵,还当如何?”辛曰:“西番原乃婚姻之国,既许以和亲,理合依允。”王曰:“往年因借北番兵马,只留得一分回来。只恐宋兵难敌,反惹其祸耳。”辛曰:“今中国非往时之比,谋臣勇将已皆凋落。此回发兵相助,必可得志。”国王从之,即令孟辛为帅,提兵四万前行。时王长女百花公主勇力过人,武艺精通,奏王要同出兵,王允行。孟辛即日率兵离本国,望祁州征进不题。是时黑水国亦从其约,差大将白圣将部兵三万从祁州来会。

却说使臣回奏穆王:二国各许相助,军马已从祁州进发。穆王闻奏大喜曰:“此行定交成绩。”便问天张:谁可再部兵前往?天张曰:“三太子文武双全,可押兵相济。”穆王允奏,遂令三太子统羌落四万起行。太子领命,率众离西番,迤逦望雄州而进。但见:红旗开处番兵盛,画角鸣时部落齐。时殷元帅每遣逻骑随路哨探,回报三太子兵马已到,于正西安下大寨,请元帅来计议。殷奇闻报,即诣西营,拜见毕,三太子问其交兵如何,奇曰:“两下征战,互有胜负,正待太子兵到,再议擒斩宋人之策。”太子曰:“森罗、黑水二国已各出兵,从祁山来会。候兵齐集决战,务必胜敌。”道未罢,人报二国兵马已到西关下寨。太子即遣赍羊酒,前到军中来赏劳,仍令先出兵以袭雄城。差人送礼物来见二国主帅,道知三太子之命。孟辛受下礼物,吩咐来人

第四十八回　杨宗保困陷金山　周夫人力主救兵

宋兵各要争功，如潮涌进。邓文在后看见，亟向前谏曰："贼兵不作妖法，见阵辄输，必有埋伏。且此处离城已远，元帅不速回去，定遭其计。"宗保曰："兵贵神速，正宜长驱而进，掩番兵之不备，则一鼓可成擒也。纵有伏兵，何足惧哉！"众军听罢，皆勇增百倍。赶近山脚，番人遗下辎重衣甲无数。宋兵不疑，一直追入笼中。日已将晡，俄而听得信炮一声响亮，江蛟伏兵齐起，截住笼口。后军报知宗保，宗保大惊曰："不信忠言，果中计矣！"即令众将力战杀出。呼延显、邓文当先杀出，山顶番兵木石矢箭一齐乱发，宋军伤死无数，不能得出。待至山后，却是绝路。正是：只因误中奸人计，致使英雄一月灾。

宗保与众人被困谷中，心中惶惶。邓文曰："番众坚守谷口，纵有羽翼，难以飞脱。只得忍耐，以图出计。"宗保曰："地理不熟而陷机阱。雄州些须人马，犹虑不保。"文曰："丘都监闻我等被困，彼必坚守，想亦无失。只是此中粮草乏绝，恐无救济。"宗保曰："朝廷倚我为泰山之重，既被奸党所困，诸公可思一良策，以为保全之计。"呼延显曰："今应州军马雄盛，可令人密往求救，方解此厄。"邓文曰："应州贼人往来之地，难以求应。莫若径入汴京奏知，大军一到，足为番众之敌也。"宗保曰："番营严密，但未知谁可前往？"道未罢，一人进曰："小可愿往。"乃是刘青，小名刘招之，凡事敢为，军中号为刘大胆。宗保曰："汝有何计出番营？"刘青曰："元帅不闻孟尝君门下有鸡鸣狗盗之客乎？小可能潜形出去。"宗保大喜，即修下求救文书付之。刘青靠黄昏左侧密密出笼原，望见番兵云屯雾集围守，遂变成一青犬跑出营来，番人只道营中所畜，并无疑防，刘青得出坚壁。日已沉西，正值番众野地聚食，刘青走进粮草寨边，堆积犹如丘山。心生一计，取过火石，用硫黄焰哨引着，投于粮草屯里。夜风正作，一伏时烟焰涨天，满屯通着。番人望见粮草被火，亟报知主帅来救。四下慌乱，刘青偷一匹快马，寻夜往汴京去了。有诗为证：

困陷金山战阵催，刘青勇敢有谋为。

先教粮草成烟烬，又得番营骏马回。

殷奇令部落救灭其火，粮草烧去一半，方知宋兵有人出营，追悔无及，因下令晓夜巡军提防。

且说刘青不数日来到汴京，先报知枢密院。次日近臣奏知：边廷帅将全军遭困，乞救兵相援。真宗闻奏大惊曰："番人是谁主兵？有此奇异。"因宣刘青入殿前问之。刘青奏曰："往日西南交兵，互有胜负。近来连损大将数员，元帅激怒而战，不意番人预埋伏于金山笼，引我军入伏中，遭其围困。且雄州势甚急，宋军粮草俱绝。乞陛下早遣援兵，庶不误事。"帝闻奏乃曰："卿且退，待朕与群臣商议。"刘青谢恩而出。帝问群臣："谁可部兵前行？"柴玉奏曰："沿边帅将只好看守本境，难以调遣。陛下必须出榜文于都门，招募诸将中有文武超群者，充元帅先锋之职，押兵前往。"帝允奏，即令学士院草榜，张挂各门不题。

却说刘青投进无佞府，报与令婆，说知宗保被困之事。令婆大惊问曰："汝曾奏知圣上否？"青曰："已先奏知，然后来见令婆。"令婆曰："主上何日发兵救应？"青曰："柴驸马奏道朝廷无甚良将，不堪此行，即令出榜招募新将，部兵前往。"令婆乃顿足哭曰："救兵如救火，吾孙遭困阵中，度日如年。若待临行招募，得知有人来应募否？若使再延一月，宗保性命休矣。"言罢，号恸不止。时穆桂英、八娘、九妹等闻知，都出堂上体问因由。令婆收泪，道知宗保全军被困之事。桂英曰："此系朝廷大事，何不令人奏知朝廷乞发救兵。"令婆曰："国无良将，欲待临时招募以充此行。我恐稽延误事，故此恼闷耳。"桂英曰："令婆勿忧，小妾当部兵救之。"令婆曰："汝一人如何去得？"八娘、九妹曰："女孩儿二人愿相助同往。"令婆未应，堂前十二寡妇齐进曰："既侄儿有难，凭我等众人武艺，一者为朝廷出力，二者省令婆烦恼，定要救回宗保也。"

今将十二寡妇计开：

周夫人：杨渊平妻，最有智识。

第四十九回 杜娘子大破妖党 马赛英火烧番营

正遇番将白圣将,挺枪纵骑直冲宋阵,重阳女举双刀奋勇来迎。两马相交,喊声大振。战了数合,白圣将力怯,拨马便走。孟辛怒曰:“待捉此将,以为吾妹报仇。”舞锤拍马,当中截战。穆桂英看见,拈矢挽弓,指定敌将射去,正中心窝,孟辛应弦而倒。宋兵乘势杀进,重阳女赶上,把白圣将一刀砍落马下。番兵杀死一半,其余抛戈弃甲,各走回本国,委弃辎重不计其数。重阳女又胜一阵,周夫人不胜之喜。

消息传入西番营中,三太子大惊曰:“不想女将有如此英雄,一连杀胜二国,汝众人谁敢退敌?”束天神进曰:“殿下勿慌,小可部兵出战,务斩宋将而回。”三太子允行,即付精兵二万。束天神部兵出阵前,勒马横戟大叫曰:“宋将强者来敌,弱者不如早退。”话声未绝,南阵上旌旗开处,一员女将骤马舞刀来迎,威风凛凛,视之乃耿金花也。正是:逞威惟仗追风马,斩将全凭偃月刀。大骂:“番奴速退,免污吾刀。”即纵骑直奔番将。束天神举戟交还,两马交锋,二人战到垓心。正是:

征云点点乾坤暗,杀气漫漫日月昏。
逆贼敢当豪杰将,还看今日定输赢。

二将一来一往,斗不数合,束天神诈败而走,耿金花乘势追进。天神引得敌兵入阵,念动妖言,狂风拔木,日月无光,半空中魔君无数杀来。金花大惊,勒马回走。宋兵大败一阵,死者无数。天神收军还营。耿金花走入军中,见周夫人道知怪异之事。夫人曰:“西方常出妖党,有如此之术,谁敢出兵迎敌?”杜夫人进曰:“妾身须往擒此妖党。”穆桂英亦请同行。周夫人大喜曰:“汝等若能破此妖术,则功勋可垂万世。”即付兵一万。二人部兵杀出,正遇束天神在阵前扬威索战。杜夫人一骑当先,大骂妖人休走。天神笑曰:“杀败之将,尚来寻死耶!”即舞戟纵骑直冲宋阵,杜夫人挺枪迎战。两下呐喊。二人战上数合,天神佯败退走,引杜夫人追来,作起妖法,念几句口号,忽天昏地暗,狂风怒起,空中四十九个黑煞魔君,各执利刃飞下。宋兵恰慌,杜夫人怒曰:“汝之邪法,只好着惊他人,敢在我跟前舞弄!”即诵动九华真人秘诀,一伏时,雷声霹雳,满空尽是火球,将魔君悉皆烧绝,天地复明。宋兵倍勇,如潮而进。天神气势颓败,慌张无计,正待吐气逃走,穆桂英抛起飞刀,斩落阵内,所部番兵,屠戮殆尽。桂英欲乘势攻入番垒,杜夫人曰:“且回兵与主帅商议进取。”桂英乃收军还营。

是时败军走报三太子,说知束天神被宋将所杀。三太子闻天神失手,顿足惊曰:“天神有如此善战之术,今尚死于宋家女将,正所谓勇将不离阵上亡也。令人何以为计?”殷奇曰:“太子勿虑,犹有王垒军马未动,明日保着殿下与宋人决一胜负,便见端的。”太子依其议,下令部落倾壁而出。缉探军报入宋营中:番人长驱而来,欲与我军大战。周夫人听得,聚集女将议曰:“胜败在此一举,可先令刘青入金山笼报知宗保,约定明日从内攻出,方好调遣。”刘青应命去了。

周夫人唤过黄琼女曰:“汝引步兵一万与彼交战,引敌人至雄州城下,吾自有兵接应。”黄琼女领计去了。又唤过董月娥:“汝引马军五千,与邹兰秀于城沟两旁埋伏,信炮一起,乘势杀出。”邹兰秀亦领兵而去。又唤过马赛英曰:“汝引轻骑五千,各带火具,候交兵之际,焚其营寨。”赛英承命而出。周夫人分拨已定。次日鼓罢三通,令杜夫人率后军应之。

先说黄琼女勒马阵前索战,西阵殷奇一骑先出,手执利斧大叫:“来将速退,尚保残生,若来强战,管教汝片甲无存。”黄琼女怒曰:“汝之狗类已被我军屠戮殆尽,尚夸大言耶!”即舞刀直取番帅,殷奇绰斧迎敌,两下金鼓齐鸣,喊声大振。黄琼女诈败而走,殷奇驱众赶来,将近城壕,宋营中信炮并起,董月娥、邹兰秀二支伏兵齐起,万弩齐发,番众溃乱。殷奇知有伏兵,勒马杀回。穆桂英从中杀进,冲开番阵,三太子之众各不相顾。马赛英轻兵已出阵后,放起烈火。正值东风骤起,霎时间烟焰涨天,满营皆着。番骑报道宋兵已焚寨壁,三太子惊得魂飞魄散,弃敌而逃。殷元帅见势不利,口念邪偈,怀中取出聚兽牌望空敲动,忽一声震烈,四下黑雾中涌出一群猛兽,尽是豺狼虎豹,冲入阵中。宋人个个失色,各回马逃生。杜夫人望见宋阵披靡,即念起真言,满空中火焰齐下,将猛兽烧得四分五落,番众倒戈弃甲而逃,恰如残云风扫,病叶经霜。殷元帅拼死杀出重围,正走之际,杨秋菊一箭当弦,正射中殷奇左眼,落马而死。

是时金山笼杨宗保等望见火起,刘青引兵杀出。呼延显鼓勇争先。恰遇汪蛟,交马只一合,刺于马下。部下番兵,杀死大半。穆桂英、黄琼女二骑直进金山脚下,与宗保合兵一处,乘势追赶,杀得番众尸横散野,血满如川,夺得牛马辎重不计其数。有诗为证:

四面干戈战阵连,杨门勇将定中原。
番人弃甲抛戈遁,正是英雄效力年。

宋军已获全胜,惟呼延达预被番人所杀。周夫人乃收回众军,城中已开门迎接。周夫人以军马屯扎城下,自与宗保入府中相会。宗保曰:"不是姆婶齐心克敌,宗保几至颠危,此一回足洗困辱矣。"周夫人曰:"圣上以侄被困,无人押兵赴救,令婆怀忧终日,我等只得前来救应,不意尽剿敌兵也。"宗保曰:"机会难再,此去西番连州城,数日程途,莫若乘此破竹之势,直捣其境,擒取国王以献。千载一遇,不可失也。"周夫人曰:"阃外之事,君命有所不受。但可利于国者,行与无妨,吾意正待如此。"即下令进兵以取连州城。众人得令,各整备起行,次日平明,三军望西番征进。

是时三太子望僻路走回,奏知李穆王:殷元帅并二国借兵,尽被中国女将剿灭殆尽,即日人马长驱来取连州。穆王听罢,神魂飞坠,拍案悔曰:"早不听柯丞相之言,致有今日之祸。"道未罢,传报宋兵将连州城团围三匝,水泄不通。穆王下令众部落婴城坚守,与文武商议迎敌之计。柯白仙奏曰:"宋兵声势甚盛,西国大将尽皆授首,今日那个敢再战!"王未应,忽珠帘后一人进曰:"小妾愿部众以退宋兵。"众视之,乃王长女金花公主也。穆王曰:"只恐汝不是宋人之敌。"公主曰:"儿幼年武艺曾学,何倒自己志气?儿若与交锋,自有方略破之。"王允奏,再付兵二万,公主得命,次日部众开西门出战。

第五十回　杨宗保平定西夏　十二妇得胜回朝

正遇宋女将杨九妹,两阵对圆,公主谓曰:“宋兵不识时势,深入吾地,作急退去,免遭屠戮。”九妹怒曰:“该死之贼,犹不纳降,尚敢来争锋耶!”即舞刀跃马,杀奔番阵。公主举枪迎战。两骑相交,斗经数合,九妹刀法渐乱,败战而走。公主奋勇追来,城上喊声大振。杨七姐看见公主追逼九妹,紧急挽弓一矢射去,可怜金花一命归冥。宋兵竞进,番众死者无数,只走得一半入城,报知穆王:金花公主战阵射死。穆王仓皇无计,寝食俱废。越二日,宋兵攻城危急,武将张荣奏曰:“主公勿忧,城中兵马尚有四万,粮草可应一年。且宋兵虽盛,远来运饷不给。臣愿率所部出城一战,若使能退,乃主上之福,若不能胜,君臣婴城而守,亦长计也。”王允奏,即令张荣出兵。

按张荣羌落人,极有勇力,使一柄大杆刀,上阵如飞,军中号为铁臂将。是日领了主命,次早率众二万,出城迎战。南阵中一员女将当先出马,乃单阳公主也,大叫:“番狗尚不献城,犹来抗敌耶!”张荣更不行话,舞刀纵骑来迎。两马相交,战未数合,张荣佯输,绕城而走。单阳公主尽力追之,张荣较其来近,转身一刀劈下,公主眼快,侧身躲过,其马跌倒在地。却得杜夫人连忙撇起飞刀,看正张荣一砍,中其左胁,死于马下。番兵杀死无数,乞降之声震动原野。此真见杨家女将互相救应之能也。有诗为证:

城下英雄势力争,一时失算倒前征。
敌人莫保须臾死,方显杨门互救兵。

却说番众于城上望见张荣战死,报入城中。穆王忧愤无地,欲为自尽之计。左丞柯白仙奏曰:“宋君宽仁大度,降者无不膺爵,抗者自取灭戮。今宋兵坚屯城下,成败已分,主公何不遣使纳降,献上图籍,递年惟出贡物,尚不失为一国之主,此则大计也。如何效取儿女子态,自经沟渎,以取笑于外国乎?乞我主审焉。”穆王沉吟半晌,乃曰:“宋军当隆,依卿所奏。”即令城头竖起降旗,次日遣人赍纳降文书诣宋营投进。周夫人正坐帐中与众人商议西番来降之事,忽人报番王遣使来议投降。杨宗保令唤入。使命进帐前,道知其主纳款之意。宗保犹豫未决,邓文进曰:“西番乃遐荒之地,无用所在。众类顽皮,难供使令。元帅正宜允其降,以彰圣上柔远人之德也。”周夫人然其议,批回来书与使人,回奏穆王。穆王君臣大喜。次日,亲率文武,开城迎接。杨宗保先进,见西番君臣拜伏道旁。宗保敬他一国之主,扶起并辔入宫中。部落各备香花灯烛迎候。穆王端立于庭阶请罪。宗保曰:“吾天子仁爱,国君今既归降,若使倾心无二,必不失旧封矣。”穆王称谢。是日宫中大开筵宴,周夫人率十二员女将并部尉继入。穆王拜见毕,周夫人慰谕亦厚。众将依次而坐,宫中大吹大擂,番官进食,番妇进乐。众人尽欢而饮,夜深乃散。宗保营于城里,周夫人等屯扎于城外。

又越数日,旁境皆宁。宗保乃议班师,报于各营寨知道。众军得令,准备起行。穆王送宗保真犀带二条,珍珠奇异之物无数。宗保只受其带,余物留以进主。乃以阵上所捉将帅,俱令送还,惟有百花公主解入中国。是日中军离了连州,西番君臣送出十里之外而别。班师将士,分作前后队而回,军威大振,四海钦服。有词一首为证:

盖闻天时不如地利,地利不如人和。兵乃凶器,战为逆德,圣人之所不谈,尧舜弗忍于用。兹者,西番播乱,兵甲扰雄州之境;皇上震怒,旌旗出汴城之师。征云冉冉,杀气腾腾。连环寨垒,如山岳之势;辎重器械,犹鱼鳞之多。金鼓鸣声,车箱匝地。六师奋力以前,三军鼓勇而斗。金山一战,垓下遭围。激烈闺中之寡妇,敢膺阃外之重权。周女帅运筹算于帏幄,杨七姐破坚阵于山前。斩将搴旗,独羡单阳公主;呼风唤雨,最雄杜氏夫人。马赛英有争先缚捉之能,耿金花多救应砍劈之力。运双刀,黄琼女军中独胜;开的矢,董月英寨下无双。邹兰秀枪法取番人之首,重阳女飞刀枭敌将之头。孟四娘英雄莫及,杨秋菊气势超群。穆氏桂英,施百步穿杨之箭;八娘九妹,怀图王霸业之机。天生豪杰,地聚精灵。干戈西指,朿天神倒旗丧命;貔貅齐进,殷元帅跌马亡身。屠部落如残云迅扫，斩蛮丑如病果辞柯。番王纳款，边境争迎。班师唱杨柳之歌声，回旅敲金鞍之响镫。于戏盛哉！宋运休明，名播万方之威武；杨门奋勇，世称千载之英雄。

行程数日，已望汴京不远。宋之君臣预闻捷音，帝先着柴玉一派文臣出郭迎接，宗保望柴玉来到，下马候问。柴玉近前，手携上马，并辔入城。翌日乃朝见真宗。真宗面慰之曰："卿为朕远涉风尘，成功不易。"宗保顿首奏曰："臣赖陛下洪福，平定西番，已取舆图以献：属州十四，县二百，户口一万八千，租赋四百石，珍奇异物三十余车。"帝颜大悦，以所献俘俱发无佞府处置。因谓侍臣曰："杨门女将俱有功于朝廷，朕当论功升赏，以旌其忠。"柴玉曰："此国家之盛典，理合颁行。"帝遂下敕，加封杨宗保上柱国大将军；呼延显等俱封兴禁节度使；周夫人忠国副将军；八娘、九妹等俱封翊运副将军。仍令有司于内庭设大宴，犒赏征西将士。诏旨既下，杨宗保等再拜受命。是日依班列坐，君臣尽欢而散。

次日，宗保谢恩回无佞府，与周夫人等参见令婆。令婆不胜欢喜，遂以百花公主配与杨文广为室，时文广一十五岁也。分付设庆贺筵席与众媳妇解甲，众妇依次饮至夜分乃散。惟有令婆恩典，直待杨文广征服南方而后受封也。自是四方宁靖，海不扬波，宋室太平可望矣。

纸上风雷百战功，谁将楼阁架虚空；
辽亡不自童枢密，澶战何容寇莱公；
虎士三千防北塞，蛾眉十二事西戎；
总缘忠节杨无敌，写照稗官野史中。

抑抑轩主人题跋

图书在版编目(CIP)数据

杨家将传/(明)无名氏著.—长沙:岳麓书社,2019.9(2024.7重印)
(中国古典小说普及文库)
ISBN 978-7-5538-1105-5

Ⅰ.①杨…　Ⅱ.①无…　Ⅲ.①章回小说—中国—明代
Ⅳ.①I242.4

中国版本图书馆CIP数据核字(2019)第066680号

YANGJIAJIANG ZHUAN
杨家将传
作　　者:[明]无名氏
责任编辑:曾　倩
责任校对:舒　舍
封面设计:浙江有观文化创意有限公司
特约插画:田刚强

岳麓书社出版发行
地址:湖南省长沙市爱民路47号
直销电话:0731-88804152　0731-88885616
邮编:410006

版次:2019年9月第1版
印次:2024年7月第3次印刷
开本:890mm×1240mm　1/32
印张:6.5
字数:188千字
印数:9 001—12 000
ISBN 978-7-5538-1105-5
定价:25.00元

承印:湖南鑫成印刷有限公司